Hector Fleischmann

Le Rival de Sherlock Holmès

Albin Michel
Editeur

Le Rival de Sherlock Holmès

HECTOR FLEISCHMANN

LE RIVAL DE Sherlock Holmès

ROMAN D'AVENTURES

EN VENTE

CHEZ TOUS LES LIBRAIRES ET MARCHANDS DE JOURNAUX

Le Rival de Sherlock Holmès

PRÉAMBULE

Il n'est aujourd'hui personne qui ignore M. Sherlock Holmès et ne soit au courant des moindres aventures de cet extraordinaire gentleman. Sa renommée est, on peut le dire, pour le moins universelle. Dans tous les domaines de la vie sociale, politique, familière, son activité, sa clairvoyance, sa rigoureuse logique s'exercèrent avec fruit et avec succès. On sait suffisamment les résultats extraordinaires obtenus par lui dans des affaires qui semblaient d'un mystère impénétrable. Ai-je besoin d'en rappeler quelques-unes ici ? Les Hêtres rouges, les six Napoléons, l'Association des Hommes roux, la Bande Mouchetée, et cent autres, où sa perspicacité vint si souvent à l'aide des policiers de Scotland Yard ? Certes non, car le lecteur, aussi bien que nous, sait ces choses. Si j'en parle ici, c'est uniquement pour insister sur la gloire de M. Sherlock Holmès, pour dire la renommée qui entoure encore aujourd'hui son nom et le rend fameux entre le Corentin de Balzac, le Dupin d'Edgar Poë et le Javert de Victor Hugo.

Eh bien, cet homme illustre, glorieux, fameux, connu ; cet homme admiré, redouté, envié, haï ; ce policier terreur des malandrins, Œdipe du crime, providence de Scotland Yard, cet homme là eut un rival.

La mesure qu'il convient d'observer en toutes choses me fait écrire ici *rival* à la place de *maître*, quoique ce dernier titre lui eût certes, mieux convenu. Honni soit qui mal y pense ! Loin de moi la pensée de démolir la renommée de M. Sherlock Holmès au bénéfice de M. William Hopkins, car c'est William Hopkins que se nomma le rival du héros de l'aventure de l'homme à la lèvre retroussée! Là n'est pas mon but, certes, mais cette renommée doit-elle m'empêcher de faire accorder à M. William Hopkins la part de gloire qui, si tardivement, hélas ! lui sera peut-être décernée par la postérité ?

Je ne le pense pas.

C'est là ce qui fait l'objet de ce récit.

Qu'on ne s'y trompe pas : l'historique « *Chacun pour soi* » n'a pas cessé d'être vrai de nos jours. Cependant M. William Hopkins donna toute sa vie tort à la locution et prit pour lui, la devise « *Chacun pour tous* ». J'y reviendrai plus tard.

Aujourd'hui, dans ce préambule nécessaire au récit de quelques mystérieuses aventures, il me suffira de dire que je fus pendant trente ans l'ami, le confident de M. William Hopkins, comme le docteur Watson fut l'ami et le confident de Sherlock Holmès dans le petit appartement du célibataire de Baker Street.

Je n'en parle évidemment que par ouï-dire et de par le récit et les confidences qu'en fit, on le sait amplement, le docteur Watson lui-même. Je ne connus aucun de ces deux amis, car jamais je ne voyageai dans les îles de la Grande-Bretagne, et toujours en Amérique s'écoula le cours calme et régulier de ma vie active, dans l'ombre un peu agitée et souvent mouvementée de M. William Hopkins. C'est pourquoi cette ressemblance entre le docteur Watson et moi ne manqua pas de me frapper ; cependant si je la signale ici fidèlement, exactement, je ne veux en tirer aucune vanité, ni y attacher une importance superflue. Connais-toi toi-même, affirme le sage, et le sage a raison. L'esprit de réflexion qui m'est naturel, m'apprit à me connaître et, par la même occasion, me fait connaître le héros dont je me fais aujourd'hui le bénévole historien sans orgueil et sans vanité.

C'est donc un simple travail de reportage que je livre ce jour au public qui ignora toujours l'homme à qui quelques grands criminels durent d'être livrés à la cour suprême de Baltimore, de New-York, de Washington ou de Philadelphie.

J'ose espérer que grâce à ce travail, cette grande figure inconnue du rival de M. Sherlock Holmès sortira quelque peu de l'ombre où la modestie et la misanthropie la renfermèrent. Qu'on me pardonne de me mettre quelquefois en scène, mais souvent cela fut indispensable à l'intelligence et à la clarté du récit. Ma vanité n'a que faire de cela et je la sacrifie avec plaisir et non sans agrément à la mémoire de M. William Hopkins dont je puis dire, je pense, que puisqu'il a été à la peine, il sera à l'honneur.

James D. SANFIELD, *junior*.
Ex-Ingénieur
de la Western-Road Aluminium Cº Limited.

New-York, le 6 Janvier 19...

CHAPITRE PREMIER

Où je fis la connaissance de M. William Hopkins, et de l'esprit mathématique et méthodique de ce gentleman.

Procédons par ordre.

J'aime l'ordre.

Tout bon Américain aime l'ordre.

Je ne dirai cependant point de qui je naquis, où fut mon berceau, quelle fut mon éducation, comment mes goûts se dessinèrent, pourquoi je choisis la carrière que j'exerçai pendant trente-huit ans. Non, je ne dirai point cela, car ce n'est point ma biographie ni mon histoire que je conte ici, mais bien celle de mon estimable ami William Hopkins. En outre, si je m'arrêtais à cela, je perdrais un temps précieux malgré mes loisirs. Un bon Américain ne perd jamais son temps. *Times is money.* Cette maxime sagement appliquée pendant une laborieuse vie, me donna des rentes légitimement acquises dont je jouis actuellement avec ma conscience calme et paisible.

Donc, il nous faut de l'ordre, de la précision, pour dire logiquement : voilà comment je m'y suis pris.

Vers 1872, je vendis à Toby Tornwald, d'Arkansas, mon bureau d'ingénieur dans la 328e avenue.

Belle affaire, sagement conclue, qui assura ma vieillesse contre les surprises du sort. J'étais solide encore, sain de corps et d'esprit, désireux de me consacrer désormais paisiblement à l'étude des problèmes mécaniques qui me passionnèrent toujours en ma qualité d'ingénieur.

Le marché conclu avec Tornwald, je m'occupai de ma nouvelle installation. Dans la Black-Road, je trouvai un appartement confortable et clair au neuvième étage d'une maison qui en comportait dix-huit. Studio, salles à manger et à coucher, c'était tout ce que je désirais. Je m'installai donc là et huit jours plus tard, j'entreprenais l'important travail sur les turbines électriques et la force motrice de la houille blanche, couronné depuis par l'Institut National de Mécanique Appliquée de Saint-Louis.

Je menais une vie d'un calme méthodique, dînant, soupant, me promenant, travaillant et me couchant à des heures immuablement régulières. J'avais à mon service un boy habile et dévoué. Je vivais heureux. C'est de cette époque que datent les débuts de mes relations avec M. William Hopkins.

Un soir que je terminais un de mes chapitres consacrés aux forces voltaïques, mon groom me porta une carte. Le nom m'était inconnu.

— Faites entrer ce gentleman, dis-je cependant.

Le gentleman entra.

C'était un grand gaillard robuste et droit, rasé avec soin, aux mâchoires carrées et dures annonçant un homme d'une énergie peu commune. J'aime les hommes qui portent leur caractère sur leur visage. Les épaules étaient larges, la poitrine cambrée dans une redingote noire, soignée et confortable, sans luxe, comme sans élégance excessive. Du faux-col bas et net émergeait un cou solide qui supportait une belle tête forte et énergique où des cheveux blanchissaient aux tempes. Les lèvres étaient minces, chose remarquable dans cette face rude.

C'était là l'aspect de l'homme qui s'avançait posément le chapeau à la main. Si je le décris avec un soin si minutieux, c'est que le héros de ces aventures, William Hopkins, mérite d'être figuré exactement aux yeux du lecteur dont il va désormais préoccuper toute l'attention. Qu'on m'excuse donc, car si Paris vaut bien une messe, à ce qu'on prétend, William Hopkins vaut bien dix lignes de description.

Tenant la carte à la main, je lui demandai :

— M. William Hopkins, sans doute ?

— Lui-même, gentleman.

— Fort bien. Veuillez vous asseoir. Je vous écoute.

Ce que M. William Hopkins me dit n'est pas d'une importance capitale pour ce récit, aussi ne m'y arrêterai-je pas. Dans un but pour lequel il me donna une raison pour le moins obscure, il me demanda, puisqu'il me savait ingénieur et que nous étions voisins, divers renseignements techniques sur les travaux des mines, les forages des puits. Je n'eus aucune peine à les lui fournir.

Cette conversation me révéla l'esprit remarquablement mathématique de M. William Hopkins. Plusieurs fois il prévint mes paroles, mes remarques. J'en fus particulièrement étonné.

— Vous lisez donc dans l'esprit des personnes ? lui dis-je, moitié sérieux, moitié plaisant.

— Je ne saurais raisonnablement le prétendre, répondit-il. Cependant, c'est moins difficile certainement que vous vous l'imaginez, gentleman.

— Véritablement ?

— Oui. Ainsi je ne vous dirai pas que vous pensez : que veut faire ce gentleman des renseignements qu'il me demande ? Ce serait trop facile et la question si elle ne vient pas sur vos lèvres, se lit en vos yeux. Aussi n'y a-t-il aucune difficulté à la deviner. Quant au reste, il n'y a qu'à réfléchir méthodiquement, logiquement, mathématiquement, pourrai-je dire.

— Je serais fort curieux de voir le résultat d'une pareille observation basée sur la logique et les chiffres.

— Les chiffres ? observa William Hopkins. Ai-je dit cela ?

— N'est-ce point mathématiquement que vous prétendez lire dans l'esprit ?

— Oui, mais les chiffres n'ont rien à voir dans cela.

— Je ne comprends pas.

— Voici. Aujourd'hui on ne pend plus sur trois lignes de l'écriture de quelqu'un. Il faut mieux ou moins. L'écriture est inutile.

— Pouvez-vous donner un exemple de cela ?

— Parfaitement. Imaginez un crime commis dans une avenue de New-York entre trois et cinq heures de l'après-midi. Imaginez-vous que vous en soyez accusé. On vous arrête. Que faites-vous ?

— J'invoque un alibi.

— Parfaitement. Mais souvent on a contre soi le hasard. Supposez cet alibi impossible à établir et vous voilà dans une situation affreuse dont rien, sinon le hasard encore, peut vous tirer.

— C'est l'exception.

— Il faut dans la vie, compter avec les exceptions. Tout arrive, a dit Shakespeare, et ce crime dont vous êtes innocent, dont aucun alibi vérifié et reconnu exact ne peut vous disculper, ce crime peut vous coûter la vie, l'honneur. Pourtant cet alibi impossible à démontrer, un juge habile et perspicace peut vous le fournir.

— Comment cela

— En vous regardant soigneusement.

— Ah ! oui, je puis avoir des écorchures, des blessures produites par la victime se défendant...

— Oui, mais mieux encore que cette absence de blessures, peut vous donner l'impossible alibi.

— Par quel moyen ?

— Si le juge vous demande : avez-vous changé de chaussures ?

— Plaisantez-vous ?

— Non, gentleman. Veuillez remarquer ceci :

Ce crime supposé est commis dans une avenue entre trois et cinq heures. Un juge perspicace aura regardé vos chaussures. Nous sommes en été. Elles ne sont que poussiéreuses. Donc vous n'êtes pas coupable.

Cet extraordinaire langage me rendit muet. Que répondre à cette logique dont le fil conducteur m'échappait, que dis-je, ne m'apparaissait même point ? William Hopkins après avoir, avec un léger sourire, découvrant ses lèvres minces, joui de ma surprise de mon silence et de son triomphe, continua :

— Vous n'ignorez pas que le règlement de la voirie ordonne l'arrosage des avenues de deux heures trois quarts à trois heures. Ce règlement, vous le savez, est soigneusement observé, scrupuleusement exécuté. Donc, si de trois heures à cinq heures vous étiez passé dans l'avenue du crime, vous auriez de la boue à vos chaussures, la boue mettant par cette température, environ deux heures à redevenir poussière.

Je bondis sur ma chaise :

— Gentleman, vous êtes détective ?

— Non, dit doucement William Hopkins, je suis observateur... et j'ai des rentes.

Il me salua légèrement, me dit encore :

— Merci, gentleman, pour les renseignements.

Et il sortit.

Je le laissai partir et me pris à réfléchir calmement aux surprises de cette conversation.

— En vérité, me disais-je, ce n'était guère difficile. Il fallait y penser, voilà tout. Mais pourquoi n'y ai-je pas pensé, voilà !

Cela me fit admirer davantage la manière méthodique, et je comprenais maintenant, mathématique, du raisonnement de mon étrange visiteur. Basé sur la déduction, une observation constante permettait de réaliser ce prodige extraordinaire constituant pour un détective la plus puissante des armes. Malheureusement la police s'attache trop à *ce qui est*, sans se préoccuper de ce *qui peut être*, elle s'attarde au *possible* en négligeant l'*impossible*. De là tant de crimes restés mystérieux, inconnus, impunis.

— Et cet Hopkins n'est pas détective, me dis-je, quel dommage !

Je l'admirais, en effet, profondément.

Cependant l'esprit de contradiction que chacun de nous possède, cet esprit qui fait qu'on ne prend jamais le roi aux échecs, me porta à penser que ce que William Hopkins avait inventé n'étant qu'un conte, la solution était facile. Il en va autrement dans la vie. S'il se trouvait en présence d'un véritable mystère, d'un crime réel, comment le solutionnerait-il, comment opérerait-il pour arriver à la manifestation de la vérité ? Raisonner est beau, assurément, agir est mieux. Echafauder une histoire, en combiner les péripéties et la dénouer au gré de son plaisir, qu'est-ce que cela prouve?

C'est ainsi qu'insensiblement aussi bien qu'involontairement je diminuais dans mon admiration les mérites de William Hopkins au soir de notre première rencontre à propos de ces renseignements techniques.

Plus tard, et le lecteur le remarquera sans peine, au cours de ce récit, mon sentiment à l'égard de mon visiteur devait considérablement changer.

« Souvent femme varie, bien fol est qui s'y fie », est-il dit quelquefois, mais l'adage peut s'appliquer aussi aux premières impressions et je renonce à dire combien de fois chez moi, elles ont varié.

CHAPITRE II

Quelques affaires mystérieuses du passé de M. William Hopkins et rapide coup d'œil sur ce passé.

Qui donc était ce William Hopkins ?

Les renseignements que, dès le lendemain de cette visite, je m'empressai de recueillir sur son compte par simple esprit de curiosité, ne manquèrent pas de me plonger davantage encore dans l'indécision où il m'avait laissé.

Il habitait dans la Black-Road l'étage inférieur à celui où je m'étais établi. La disposition de son appartement était pareille à celle du mien. Il devait être veuf ou célibataire.

Un groom, comme chez moi encore, remplissait chez lui, l'office de domestique et de cuisinier. On lui connaissait des rentes. Sa vie était bizarre. Il s'absentait souventes fois des nuits entières, ne rentrant que fort tard dans la journée du lendemain. Son groom était discret, muet comme une tombe, si on veut me permettre cette expression chère à des romanciers de Paris — et d'ailleurs.

A propos de la recherche de ces renseignements, j'ai écrit le mot : simple curiosité. Ce n'est pas tout à fait exact. A cette curiosité se mêlait un vague et obscur sentiment, indéfinissable encore pour moi et que je ne compris nettement que beaucoup plus tard, alors que l'amitié de William Hopkins eut fait de moi un collaborateur discret mais dévoué.

Cette recherche de renseignements ne laissa cependant pas de me créer quelques désillusions. J'insistai néanmoins, car dans ma famille on ne recule pas. Là-dessus les jours coulèrent et ma curiosité à l'égard de mon mystérieux voisin ne diminua guère.

On sait que le temps éloigne généralement deux individus qui se connaissent peu. Entre Hopkins et moi, ce fut le contraire qui se produisit. Nous nous rencontrions quelquefois dans l'ascenseur de la maison de Black-Road. Nous en profitions pour échanger quelques paroles qui, banales au début, ne tardèrent pas à devenir quelque peu plus familières, plus intimes. Nous nous informions mutuellement de notre santé. Hopkins plaisantait ma bonne mine :

— Nous avons un accusé qui avoue... sa santé ! disait-il avec un petit sourire qui crispait ses lèvres minces, toujours si soigneusement rasées.

Peu à peu, notre familiarité devint plus grande. Je m'enhardis à convier William Hopkins à prendre une tasse de thé et à fumer du maryland frais. Il accepta sans façon. Il vint chez moi, j'allai chez lui. Au bout d'un an, nous fûmes de parfaits amis. L'appartement de Hopkins était simple et sobre. Chez lui, le parquet était nu, mais admirablement ciré. Peu de tableaux aux murs, mais excellents. La bibliothèque se composait d'une centaine de volumes dont les romans étaient exclus. C'étaient des livres de science, de médecine, de toxicologie, des choses graves et sévères qui indiquaient clairement les tendances intellectuelles de Hopkins tourné vers les sciences exactes et positives. Dans ce studio, une table était placée devant la fenêtre à laquelle Hopkins tournait toujours le dos. Cela lui permettait de dévisager en pleine clarté le visage des visiteurs, suivant une habitude vieille déjà, mais excellente toujours, employée par les juges d'instruction.

Dans cet appartement clair, rude, simple, le groom de William Hopkins circulait silencieusement.

C'était le milieu où devait se mouvoir un homme tel que devait être le rival de Sherlock Holmès. Là, je reçus la confession, les confidences de William Hopkins et c'est cela que je vais rapporter ici avec toute la précise et méticuleuse exactitude de mes souvenirs.

Il était né à Topeka, dans le Kansas, où son père dirigeait une agglomération de huit fermes à buffles. C'était un rude métier, toujours à l'affût ou sur le qui-vive, il fallait traquer l'Indien voleur ou le cow-boy, pillard pour les troupeaux, constituaient une proie convoitée. Cela n'allait pas sans quelques dangers. On en eut la preuve le soir où le père Hopkins fut ramené à sa ferme, les deux yeux brulés par le feu de la poudre d'un pistolet qui lui éclata dans la figure. Ce malheur changea la vie du jeune William. De libre, de sauvage, d'imprévue qu'elle était jusqu'à ce jour où il rôdait dans la forêt et galopait dans la plaine, elle devint prisonnière, triste, lugubre. On lui fit tenir compagnie au père aveugle dans la salle basse de la ferme où l'homme, statue foudroyée, regardait l'ombre de ses grandes prunelles fixes et désormais vides, veuves de regards.

Cependant le père Hopkins parlait. Ses histoires étaient extarordinaires. Grâce à lui, l'enfant connut toutes les ruses de l'Indien, les précautions du cow-boy. Il sut distinguer le pas du peau-rouge du pas de l'homme blanc. Ses facultés en éveil se dardèrent sur ces problèmes sauvages et redoutables. Son esprit devina la tactique sournoise de l'ennemi, de ces apaches des grandes prairies du Far-West pour qui le corps d'un ennemi sent toujours bon et qui n'ont pas attendu l'arrivée des « visages pâles » pour apprendre que l'audace, encore de l'audace, toujours de l'audace, est la première règle de tout out-law.

Ces années passées à l'audition de ces récits tragiques, mystérieux et redoutables, empoignèrent profondément l'âme du jeune homme qu'était devenu l'enfant d'autrefois. La solitude, la réflexion, familiarisèrent son esprit avec la logique. La prudence se combina chez lui de la méthode mathématique et, quand il quitta la prairie où son père traquait Bas-de-Cuir, Œil-de Faucon, Regard d'Aigle, avant que de fumer avec eux le calumet de la paix et d'enterrer en grande cérémonie le tomawack de la guerre, le jeune William Hopkins était prêt et capable de traquer dans les grandes villes de l'Union, un gibier aussi dangereux, sinon plus, que celui du Far-West. Ce ne fut pourtant point son Destin. Cette nature libre, prudente, ardente et âpre, se confina dans des bureaux où elle se plia au joug de l'exactitude. Là elle se proposait à la lecture des journaux des problèmes profonds pour les résoudre à l'aide de la logique. Là encore, durant de longues années, elle attendit le jour où, libre, elle pourrait exercer pour sa seule jouissance les admirables qualités de froide audace et de rigouseuse logique dont le hasard lui fit don.

Cette heure arriva et le premier coup de William Hopkins fut un coup de maître. Ce fut l'affaire de la bande aux cravates vertes, terreur de Baltimore. Grâce à Hopkins le chef, un certain Joë Fierling, fut pris comme un oiseau au nid. Au moment d'être électrocuté, ce gredin dit à Hopkins :

— J'aime mieux être à ma place qu'à la vôtre, car un jour vous saurez ce que mes amis vous réservent.

Cette promesse devait être tenue quelques trente ans plus tard. Je dirai, le moment venu, de quelle manière.

Volontairement après le succès de cette première affaire, William Hopkins resta dans l'ombre, laissant la police de Baltimore s'attribuer tout l'honneur de la prise de Joë Fierling. Sans amertume, mon ami considéra ce résultat. Ce n'est pas lui qui se serait écrié devant cette ingratitude si humaine :

— Ingrate patrie tu n'auras pas mes os !

Il retourna à New-York et paisiblement attendit l'occasion de mettre de la clarté dans le tragique des mystères. C'est de cette époque que datent ces affaires d'un retentissement énorme où le nom de Hopkins ne fut même pas prononcé : la maison hantée de Morfon, l'homme au masque de cire, les huit cadavres de Colonso-City, l'affaire de Prick-Salmon, la tête coupée de Philadelphie, l'homme au talon d'acier, le vol de la banque de l'Union, l'attaque de l'express de Saint-Louis, tant d'autres encore qui, à leur temps, laissèrent un frisson d'horreur, d'épouvante et de terreur.

On comprend donc toute ma surprise quand Hopkins m'eut par le menu conté la genèse de ces affaires tragiques où sa perspicacité parvint à retrouver le fil des intrigues embrouillées au point que la police les avait, pour la plupart classées, quand William Hopkins s'avisa de les reprendre et de les étudier uniquement pour le plaisir tout personnel de les résoudre et de montrer à la police les défauts de sa cuirasse.

Peut-être croira-t-on après cela que William Hopkins était aimé des gens de justice ? Ce serait une grossière erreur de l'imaginer. C'est le contraire de cela qui était arrivé. L'heureux résultat auquel parvenait le rival de Sherlock Holmès loin de lui acquérir la considération de ceux dont il se faisait l'auxiliaire par pur dilettantisme, le présentait à leurs yeux comme un être qui les humiliait profondément. Ils en voulaient à cet « amateur » (ainsi qu'ils le disaient volontiers) de cette chance heureuse qui était chez lui le fruit d'une mûre réflexion, d'une observation puissante aiguisée par l'habitude, le résultat d'une rigoureuse logique. Cependant malgré ces sentiments dénués d'urbanité sinon de reconnaissance, ils ne manquaient pas une occasion de faire appel à son concours. Jamais ils n'avaient sujet de s'en repentir, et toujours William Hopkins accédait à leurs désirs. Il savourait une mystérieuse affaire comme un fumeur savoure un pur havane, comme un gourmet apprécie un plat rare, honneur d'un moderne Vatel, comme un musicien écoute un morceau favori.

Il ne s'engageait jamais maladroitement dans une affaire, non qu'il ne fût audacieux, mais il était persuadé que folie n'est pas courage et que la prudence discrète vaut mieux en beaucoup de cas que l'audace la plus courageuse. C'était là, avec l'observation minutieuse des choses, son seul procédé de travail. J'ai déjà indiqué au cours de ce récit, les résultats surprenants auxquels il menait William Hopkins dans ses enquêtes. Bientôt on verra l'homme à l'œuvre et mieux que la théorie la pratique démontrera la véracité et la justesse de cette méthode où le hasard était rigoureusement exclu. Les premières bases de son travail d'observation achevé, William Hopkins entrait résolument dans la carrière, et se frottant les mains vigoureusement ne manquait pas de dire :

— Very well ! Je franchis le Rubicon, le sort en est jeté !

Et il marchait.

C'est là que cet homme se transfigurait.

Ce n'était plus William Hopkins.

Ce n'était plus un Américain.

Ce n'était plus un observateur.

Ce n'était plus un homme.

C'était la logique.

Véritablement, oui.

CHAPITRE III

La conspiration contre les cinq rois de l'or, de l'acier, des chemins de fer, des transatlantiques et des bœufs.

A cette époque, nous étions à Baltimore où William Hopkins venait heureusement de découvrir les auteurs du vol des perles de la princesse d'Oldenbourg descendue au Cosmopolitan Hôtel. Cette affaire est encore présente à toutes les mémoires, aussi n'y reviendrai-je pas.

Nous avions résolu de passer quelques jours dans la capitale du Maryland et de faire une excursion en bateau dans la baie de Chesepeake avant de regagner Black-Road et notre paisible appartement.

Ce soir-là avant de nous mettre à table pour le souper, où devaient figurer des cailles particulièrement savoureuses Hopkins avait passé à la poste retirer son courrier.

Du seuil du grand hall illuminé de l'hôtel, je le vis revenir, l'œil soucieux, le front coupé d'une ride et agité pourtant d'un sentiment, qui chez lui, était de la joie et aurait démontré de l'inquiétude chez tout autre tempérament.

— Des nouvelles ? dis-je.

— Oui, certes, Sanfield, des nouvelles, et de la besogne.

— Voilà qui vous va à merveille, sans doute ?

— A merveille, Sanfield, à merveille.

Le ton de la voix de Hopkins ne laissa pas de me surprendre en cette circonstance.

— Qu'avez-vous donc ce soir, Hopkins, je suis véritablement inquiet pour vous.

— Vous êtes inquiet, Sanfield, en vérité ? Et moi, suis-je sur un lit de roses ? Néanmoins, avant de parler de la chose, dînons d'abord.

Nous nous mîmes à table. Le repas fut triste malgré que Hopkins fit preuve d'un excellent appétit. Je mangeai sans plaisir ces cailles dont je m'étais promis des merveilles. Pouvais-je ne pas me montrer impatient d'apprendre la nouvelle aventure dont le rival de Sherlock Holmès allait m'appeler à partager les émotions et les plaisirs du danger ? Serai-je américain sans cela ? Au milieu du repas, William Hopkins demanda l'indicateur du *New-York-Express-Railway*.

Je le vis chercher l'heure du prochain train pour New-York. Au dessert, il découpa flegmatiquement ses pêches, acheva son verre d'eau minérale et, prenant parmi les papiers de son portefeuille, une lettre de grand format sur papier pelure bleu, il me la tendit sans mot dire.

Cette lettre était ainsi conçue :

STANDARD TRUST
Limited
New-York-Washington

N° 18294 A
(*Confidentielle*)

New-York, le 12 mai 18...

« Cher Monsieur Hopkins,

« Il se passe ici une chose véritablement « étrange que vous seul pouvez arrêter avant « qu'elle ait produit ses effets désastreux. J'ai à « ce sujet tout pouvoir et tout crédit pour trai- « ter avec vous. Où que vous soyez, quoi que « vous fassiez, quelle somme que vous per- « diez pour revenir à New-York, venez. Nous « payerons, mais il y a hâte et urgence.

Your truly.
Sam Harrisson,
Prés.

La lettre lue et relue, je la rendis à Hopkins qui me regardait, la tête un peu penchée, à travers les volutes bleues et légères de son cigare odorant.

— Eh bien, Sanfield, me demanda-t-il, qu'en pensez-vous ?

— Ce sont des gens affolés, dis-je. Quelque grave danger les menace.

— Oui, ils le disent. Mais quel danger, *that is the question ?*

— Un vol, peut-être. Pour les voleurs, l'argent n'a pas d'odeur. Grâce à Dieu, je n'ai point ce souci, je porte tout avec moi !

— Il ne s'agit pas de vous, Sanfield, mais bien du Standard Trust. Avez-vous remarqué la signature de la lettre ?

— Oui, c'est celle de Sam Harrisson.

— Parfaitement. Et savez-vous ce que c'est que Sam Harrisson ?

— Naturellement. Qui ne le saurait ? Sam Harrisson est le roi des chemins de fer.

— Et milliardaire. Il est autre chose encore.

— Quoi donc, s'il vous plait ?

— La lettre le dit.

— Que dit-elle ?

— Sous la signature de Sam Harrisson il y a *prés*. Cela veut dire qu'il est le président du Standard Trust.

— Soit. Eh bien ?

— Comment pouvez-vous dire qu'ils craignent un vol, les membres du Standard Trust ?

— Pourquoi ne craindraient-ils pas un vol ?

— Pour ceci : ce trust est composé de cinq rois, celui de l'or, celui de l'acier, celui des bœufs, celui des transatlantiques et enfin de Sam Harrisson dont la royauté s'étend sur cent quatre-vingt-douze lignes de chemins de fer de l'Union. Ce trust exige de ses membres qu'ils soient au moins trois fois milliardaires. Or, quand on est milliardaire, on ne craint pas le vol, fut-il d'un million. Donc, il ne s'agit pas de vol, car aujourd'hui, malgré tous les progrès modernes, malgré les automobiles et les aéroplanes armés pour le pôle (1), les voleurs ne volent pas un million.

— Alors que craignent-ils ?

— Quelque chose qui vaille plus que l'or.

— L'honneur ?

— On ne vole pas l'honneur d'un milliardaire. Ces gens-là craignent tout simplement pour leur vie.

Une fois encore l'impitoyable logique, la rigoureuse méthode de William Hopkins me confondait et triomphait de moi. Ce que cette lettre

(1) Lire l'*Incendie du Pôle*, Aventures d'un aéroplane au Pôle Sud, par le même auteur.

du Standard Trust cachait, il le devinait, s'il la forçait à avouer le secret caché entre ses lignes.

— Je prévois que l'affaire est curieuse, continua Hopkins. On ne s'attaque pas à un milliardaire comme à un simple citoyen, et à plus forte raison à cinq milliardaires.

— Cinq milliardaires ? m'écriai-je étonné de la perspicacité de mon ami, qui vous dit qu'il s'agit de cinq milliardaires ? Sam Harrisson a signé seul la lettre.

— Oui, Sanfield, mais il l'a écrite au nom du Trust.Ne dit-il pas qu'il a tout pouvoir et tout crédit pour traiter ? Un homme qui écrit en son nom personnel n'a nul besoin d'avoir du pouvoir du crédit pour traiter. N'y aviez-vous point pensé ?

— Non, confessai-je.

— C'est un tort, dit Hopkins, il faut savoir lire dans une lettre tout ce qu'elle dit et tout ce qu'elle ne dit pas. Sur ce, allons boucler nos valises.

A 10 heures 32 minutes, le rapide de New-York nous emportait vers la nouvelle aventure. Ce n'est pas sans un regret secret que je quittais Baltimore que j'avais eu à peine le temps de visiter tant l'enquête de William Hopkins dans le vol des perles de la princesse d'Oldenbourg fut prompte et rapide. L'espérance du mystère à éclaircir à New-York me consolait de ma déception.

Tout en disposant ses oreillers, ayant coiffé sa casquette de voyage et enveloppé dans son manteau de nuit, Hopkins me souhaita bonne nuit.

Cinq minutes plus tard, il dormait profondément et calmement en face de moi, dans le coin du wagon.

J'avais l'esprit trop préoccupé pour me distraire par la lecture. Je serrai sur mes genoux ma couverture de voyage, et, ayant achevé mon cigare, j'imitai William Hopkins.

Je m'endormis au bercement monotone du train, dont le galop traversait les plaines nocturnes du Maryland.

Rentrés à Black-Road, Hopkins me pria d'envoyer un télégramme à Sam Harrisson annonçant son retour et sa visite pour le soir au siège social du Standard Trust. Le reste de la journée s'acheva par quelques courses urgentes à Brooklyn et, le soir venu, Hopkins me pria de l'accompagner.

Un cab nous emporta vers la 8e avenue où s'élevait l'énorme immeuble en pierres blanches et bleues, véritable monument où s'abritaient les bureaux de ce formidable trust qui tenait dans ses mains la vie sociale de l'Amérique entière. Sur un mot de lui, en effet, les chemins de fer ne pouvaient-ils pas s'arrêter, les transatlantiques rester ancrés dans les ports de Boston, d'Halifax, de New-York, de Philadelphie, de Dover, de Charleston, de Savannah, de Tampa, de Matamoros ; les boucheries de dix villes ne pouvaient-elles pas manquer de bœufs, cent usines rester privées d'acier, mille banques sans or ?

C'étaient là les pensées qui m'assiègeaient en traversant les halls brillamment éclairés, les salons somptueux, par où nous menait un huissier en uniforme pourpre chamarré d'or, grave comme un juge, splendide comme un acteur de drame moyenâgeux. Le regard de Hopkins admirait la magnificence des locaux, sans témoigner toutefois une surprise extrême.

Un ascenseur nous mena au troisième étage avec un glissement dont la douceur silencieuse tenait du prodige. Arrivés dans un vaste salon qui devait probablement tenir lieu d'antichambre, l'huissier chamarré s'éclipsa. Nous regardâmes un instant les tableaux aux murs, puis l'huissier revint, disant :

— Ces messieurs sont arrivés.

William Hopkins consulta sa montre :

— Huit heures. Ces messieurs sont exacts.

— L'exactitude est la politesse des rois, soufflai-je plaisamment à l'oreille de mon ami.

Il sourit imperceptiblement et décidé, suivit l'huissier majestueux vers le cabinet des rois du Standard Trust.

Une grande porte bâilla soudain devant nous avec un flot de lumière électrique.

L'huissier s'effaça.

Nous entrâmes.

J'étais en face des cinq hommes les plus puissants des Etats-Unis. Légèrement, comme un auxiliaire qui sait l'importance de son concours, avec une politesse déférente, mais exacte, William Hopkins salua les rois. A son entrée, Sam Harrisson s'était levé, la main tendue :

— Soyez le bienvenu, gentleman.

Son regard interrogateur alla vers moi.

Ce regard, William Hopkins le devina et il prévint la question du roi des chemins de fer en me présentant :

— L'ingénieur Sanfield, mon collaborateur.

— En ce cas, soyez le bienvenu aussi, gentleman, dit Sam Harrisson.

Et nous nous assîmes devant la table. Toujours debout Sam Harrisson nous présenta les quatres personnages. Ils saluaient en inclinant la tête d'un rapide mouvement :

— M. Gordon...

— Le roi de l'or, je crois ? demanda Hopkins.

— Lui-même. M. Lemox, des aciers; M. Stanley, des bœufs, et M. Mortimer.

— Des transatlantiques ?

— C'est cela. Et moi, je suis Sam Harrisson qui, avec l'assentiment de ces messieurs vous écrivit. Merci, M. Hopkins, d'avoir répondu avec tant de promptitude à notre appel.

— Je ne pouvais m'y soustraire, messieurs, dit mon ami. Me voici, je suis donc à vous. De quoi s'agit-il ?

Je regardais en ce moment les cinq rois du Trust.

Rien ne distinguait particulièrement leurs visages, sinon l'expression d'énergie et de lassitude dont ils étaient à la fois empreints. Ces hommes semblaient véritablement avoir sur eux le poids formidable de l'or, dont ils étaient les maîtres et les conquérants. Les luttes, les batailles, les efforts de leur vie se lisaient aux rides de leurs fronts et de leurs visages rasés. Ces faces fiévreuses disaient les nuits sans sommeil, les journées acharnées, les estomacs débiles, les fatigues, les âpretés, les volontés dominatrices.

A la question de William Hopkins, les muscles de leurs visages tressaillirent et Sam Harrisson qui était visiblement leur délégué et leur porte-parole dans l'affaire, se chargea de répondre.

— De quoi s'agit-il ?

— D'une affaire à la fois bien mystérieuse et bien grave, car elle menace notre vie et nos intérêts.

— Bien, dit Hopkins. Permettez-moi une remarque : ne vous offensez pas des questions que je pourrais vous poser. Soyez convaincu qu'elles seront uniquement dans l'intérêt de la cause que vous me chargez de défendre et d'éclaircir. Veuillez m'exposer la chose, M. Harrisson. Je vous écoute avec attention.

— Voici donc, commença le roi des chemins de fer. Nous lavons notre linge sale en famille et c'est pourquoi nous avons préféré faire appel à votre expérience,, à votre savoir, qu'à ceux de la police.

— Merci, dit Hopkins. Continuez je vous prie je suis sensible à vos éloges.

— Vous n'ignorez pas, M. Hopkins, que le trust, le Standard trust, dont vous avez le comité directeur devant vous est un des plus puissants des Etats-Unis. Notre puissance est grande, nos projets le sont davantage encore. Parmi eux, se trouve celui du trust des mines. Nous voulons rassembler entre nos mains l'exploitation des mines du Colorado, du Kentucky, de la Caroline, du Montana, du Dakota, de la Californie et du nouveau Mexique.

— Puissant et vaste projet, observa sentencieusement et à mi-voix le rival de Sherlock Holmès.

— Nous le pensons, continua Sam Harrisson. Mais le projet n'a pas été sans éveiller la jalousie, la colère, la haine de nos ennemis, aussitôt qu'il fut connu.

— Quels ennemis ?

Le roi des chemins de fer leva vers le plafond ses bras d'un geste désespéré :

— Nous ne les connaissons pas.

— En soupçonnez-vous ?

Le regard du roi consulta celui de ses quatre collègues muets, silencieux, mornes.

— Non, M. Hopkins.

— En vérité ? Il faut de la franchise dans les affaires mystérieuses.

— Eh bien, oui, nous en soupçonnons...

— Qui donc ?

— Le Trust des mines américaines et mexicaines.

— Bon. Veuillez poursuivre.

— Donc, depuis le jour où notre projet fut connu, nous avons quotidiennement reçu, chacun de nous, des lettres de menaces. Les voici :

D'un grand portefeuille placé sur la table devant lui, Sam Harrisson tira une liasse de feuilles qu'il remit à William Hopkins. Celui-ci déplia la première, me la passa, disant :

— Veuillez lire à haute voix, Sanfield. Le soir je ne sais pas lire.

Cette phrase fut dite d'un ton simple et si naturel que je crus moi-même m'y tromper. C'était, depuis mes relations avec Hopkins, la première fois que pareil aveu sortait de sa bouche. Que prétendait-il donc dire avec sa phrase qui me parut mystérieuse :

— Le soir, je ne sais pas lire ?...

Quel obscur dessein se cachait donc là-dessous ?

Sans témoigner cependant ma surprise extrême, je pris la lettre et à haute voix, je la lus :

« On sait que le Standard Trust veut mettre « la main sur les mines de l'Union. Qu'il « prenne garde ! C'est un jeu dangereux dont « il sera la victime ! Si dans les neuf jours, il « n'a pas abandonné son projet, un des mem- « bres du comité directeur sera tué. S'il per- « siste dans son projet les exécutions des quatre « autres membres se suivront de deux en deux « jours. Les mines ne seront qu'à leurs héri- « tiers. Que le Standard Trust choisisse entre « la vie et les mines. Il est prévenu. On tiendra « parole. »

— Ces lettres sont écrites à la machine à écrire, n'est-ce pas ? demanda William Hopkins.

Les cinq rois le regardèrent surpris.

— Comment, sans les avoir ouvertes, le savez-vous ? s'exclama Sam Harrisson.

— Oh ! c'est bien simple, gentleman, aujourd'hui on se sert de la machine à écrire pour les menaces de mort. Le jour où on est pris, on a la ressource de nier. Mais veuillez me dire de quand date la première lettre ?

— De samedi.

— Donc, il y a deux jours.

— Oui.

— Les auteurs de la lettre ont donc sept jours à attendre avant de tenir parole. C'est plus qu'il ne faut pour les découvrir et les arrêter dans leurs projets. Je me permettrai de garder les lettres pour les besoins de mon enquête.

— Est-ce bien utile ? s'exclama Mortimer, le roi des transatlantiques en sortant du mutisme qu'il avait observé avec ses trois collègues.

— J'ose le penser, dit paisiblement Hopkins en les serrant dans son portefeuille.

— Alors vous croyez pouvoir découvrir les coupables ? demanda Sam Harrisson.

— J'en ai l'espoir, répondit mon ami. Les criminels commettent toujours une faute, une heureuse faute, dirai-je, dans leurs machinations les mieux préparées, les plus habilement combinées. Ici aussi une faute a été commise.

— Laquelle ? demanda le roi des chemins de fer.

— Je le saurai demain, riposta William Hopkins avec un sourire qui masquait sa pensée non sans laisser deviner qu'il connaissait déjà, en ce moment même, la faute commise par les envoyeurs des lettres.

— Avez-vous encore quelques questions à poser ? continua Sam Harrisson.

— Oui, avec votre permission, je vous demanderai un détail auquel je vous demande de répondre avec franchise.

— Nous en prenons l'engagement.

— C'est utile. A combien s'élève votre fortune, M. Harrisson ?

A cette question imprévue, le roi des chemins de fer eut un mouvement où se lisaient la surprise et le mécontentement.

Il y eut un instant de silence.

— Vous avez pris l'engagement de répondre, observa tranquillement William Hopkins.

— Soit, dit Harrisson. J'aurais mauvaise grâce à me dédire. Je vaux quatre milliards.

— Bien. Et vous, M. Mortimer ?

— Deux milliards.

— Bien. Et vous, M. Gordon ?

— Sept milliards.

— Bien. Et vous, M. Stanley ?

— Moi aussi.

— Bien. Et vous, M. Lemox ?

— Trois milliards.

— Bien. Une dernière question : la part de chacun de vous était-elle stipulée égale dans le trust des mines ?

— Oui, dit M. Gordon.

— Ceci me porte à poser une autre question .

étiez-vous tous d'accord pour estimer l'affaire excellente ?

— Non, répondit M. Lemox.

— Lesquels d'entre vous étaient d'un avis opposé ?

— Moi seul, dit M. Mortimer.

— Vous estimiez l'affaire mauvaise ?

— Oui, et je l'estime encore déplorable.

— Y engageriez-vous des capitaux ?

— Oui, évidemment, puisqu'il me fallait me rallier à l'avis de la majorité. Le trust marchait, donc je marchais.

— Merci, M. Mortimer. Eh bien, messieurs, je crois que pour ce soir je n'abuserai pas davantage de votre temps précieux. Désormais, recevez les lettres s'il en arrive, laissez faire, laissez passer. Avant sept jours vous pourrez réunir à l'or, aux bœufs, aux transatlantiques, aux aciers et aux chemins de fer du Standard Trust, les mines de votre projet. J'ai l'honneur de vous saluer, gentlemen.

Et Hopkins marcha vers la porte. Au moment d'en franchir le seuil, il se retourna brusquement :

— Si quelque fait nouveau survenait, veuillez m'en prévenir. Je ne quitte pas New-York.

Et il sortit, moi marchant sur ses talons.

CHAPITRE IV

De quelques réflexions qu'émit William Hopkins sur ce qui précède.

Arrivés dans l'avenue, Hopkins me demanda :

— Vous sentez-vous fatigué, Sanfield.

— Non.

— Iriez-vous à pied jusqu'à Black-Road ?

— Volontiers, surtout si cela peut vous être agréable.

— Alors, marchons.

Nous remontâmes l'avenue de quelques pas pour prendre la Western-Road qui raccourcit le chemin. Brusquement Hopkins me demanda en s'arrêtant dans la lueur blafarde d'un grand lampadaire électrique :

— Que pensez-vous de tout ceci, Sanfield ?

— Je ne sais, en vérité, ce qu'il convient d'en

penser, dis-je. L'affaire me semble à la fois simple et compliquée.

— A merveille, Sanfield, vous avez deviné juste. L'affaire est simple et compliquée. Mais pourquoi est-elle simple et pourquoi est-elle compliquée ?

— Je ne saurais le dire, c'est une impression, une intuition plutôt. Ce sentiment ne repose sur rien de formel, j'en juge sur l'aspect de l'affaire.

— Eh bien, répondit Hopkins, je vais vous dire pourquoi il en est ainsi. Elle est simple parce que les lettres envoyées à messieurs Lemox, Gordon, Stanley, Mortimer et Harrisson ne sortent pas du domaine des vulgaires lettres anonymes contenant des menaces de mort sous condition. Elle est mystérieuse parce qu'on devine obscurément, et mal d'ailleurs, le but poursuivi.

— Mais le but me semble, au contraire, absolument clair, dis-je. On veut empêcher le Standard Trust d'acheter les mines qu'il convoite. Voilà le but.

— Empêcher cet achat au bénéfice de qui ?

— Mais il me semble, Hopkins, qu'on vous l'a dit ?

— Au bénéfice du Trust des mines américaines et mexicaines ?

— C'est cela même.

Hopkins secoua la tête.

— Non, dit-il, ce n'est pas cela. Ce n'est pas la Compagnie des mines américaines et mexicaines qui veut empêcher l'achat des mines des sept provinces par le Standard Trust. Il s'y prendrait autrement.

— Et comment cela ?

— En les achetant, parbleu !

— En les achetant ? Qu'est-ce à dire ?

— Oui, si la Compagnie des mines américaines et mexicaines désirait empêcher le trust des mines convoitées par le Standard Trust, elle se hâterait de les acquérir avant que celui-ci ait commencé son opération. Le tour serait joué et les mines seraient à la Compagnie le jour où le Trust voudrait les avoir. Alors, il verrait que là où il n'y a rien, le roi perd ses droits, ce roi fut-il celui de l'or ou des bœufs.

— Mais si la Compagnie ne veut pas de ces mines ?

— Alors pourquoi veut-elle en empêcher l'achat par le Trust ?

— Si elle voulait retarder cet achat ?

— On ne retarde pas une bonne affaire.

— Si elle n'a pas le capital disponible ?

A cette question Hopkins ne répondit pas immédiatement.

Nous étions arrivés devant un bar.

— Prenons un grog, dit-il. Cela nous réchauffera, car la nuit est fraîche.

On nous servit des grogs. Hopkins demanda un annuaire et après l'avoir feuilleté un instant dit :

— La Compagnie ne manque pas du capital nécessaire à l'achat des mines.

— Comment le savez-vous ?

— Voici l'annuaire des Sociétés et Compagnies. Celle des mines américaines et mexicaines y figure comme fondée il y a deux ans, au capital de quatre milliards. Ses actions ont triplé à la Bourse pendant ce laps de temps. Donc elle est prospère. Donc elle a les capitaux. Buvez votre grog, Sanfield, et partons.

La logique de Hopkins triomphait de mes objections.

Nous nous étions remis en marche et notre dialogue continua :

— Ceci démontre que quelqu'un autre que la Compagnie a intérêt à empêcher le Trust de faire l'affaire. La piste indiquée par Harrisson est mauvaise. Nous n'y trouverons rien. J'ai, ce soir, commis une faute.

— Laquelle ?

— Ai-je demandé comment la Compagnie pouvait connaître les projets du Trust ?

— En effet, vous n'avez point posé la question.

— Je verrai demain si elle était utile.

Nous étions arrivés à Weston-Park. Nous traversâmes en silence les allées obscures où le vent de la nuit pliait les branches des arbres noirs. Soudain, après avoir cessé de parler de la conspiration contre le Standard Trust, Hopkins me demanda :

— Comme ingénieur, vous avez dû souvent faire des travaux dans les provinces, Sanfield ?

— Certes oui, j'ai beaucoup voyagé.

— Vous connaissez la Californie ?

— Oui, j'y installai trois usines électriques.

— Et le Nouveau-Mexique ?

— J'ai fait l'éclairage de Santa-Fé.

— Et le Colorado ?

— A Denver, j'ai fait une installation de turbines.

— Et le Kentucky ?

— Je ne le connais pas.

— Et la Caroline ?

— J'ai été à Columbia pendant huit mois.

— Et le Montana ?

— A Helena, j'ai fourni des plans pour une exploitation perfectionnée de sources de pétrole.

— Et le Dakota ?

— Je l'ai traversé en un mois, à petites journées.

— Bien, fort bien. Vous connaissez donc le pays ?

— Oui.

— Bien ?

— Assez bien.

— Vous connaissez les mines qui s'y trouvent ?

— Quelques-unes.

— Qu'en pensez-vous ? Etait-ce une bonne affaire que d'en faire le Trust ?

— Certainement, c'était même une affaire des meilleures et des plus brillantes.

— Ah ! Ah ! donc Mortimer avait tort.

Hopkins dit cela d'une voix calme, neutre, mais je compris parfaitement qu'il attachait une certaine importance à cette observation. Il reprit :

— L'homme aux lettres anonymes n'y va pas de main morte! Assassiner cinq personnes pour un achat de mines ! Le gaillard ne plaisante pas.

Cette remarque me fit rire.

Hopkins parut particulièrement frappé de mon rire.

— Ai-je dit quelque sottise ? demanda-t-il avec une brusque inquiétude, pour le moins bizarre.

— Certes non, mais ce gaillard-là me fait

plaisir avec ses menaces. J'ai rarement rencontré un gentleman plus décidé.

— Quand vous connaîtrez son nom, vous admirerez son sens des affaires, dit Hopkins. Mais nous voici arrivés, je crois, Sanfield.

En effet, nous étions dans Black-Road. L'ascenseur nous enleva vers les hauteurs de nos étages respectifs.

Au moment de me quitter, Hopkins dit encore :

— Nous sommes lundi, Sanfield. Avant la fin de la semaine, nous aurons mis la main sur le gaillard.

— Vous croyez ?

— Oui.

— Avez-vous trouvé quelque chose ?

— Oui.

— Quoi donc, Hopkins ?

— La piste, Sanfield.

CHAPITRE V

L'homme à la barbe rousse vient donner le premier avertissement et William Hopkins commence l'enquête.

Le lendemain de cette visite au Standard Trust, pris d'une assez violente migraine, j'étais resté assez tard au lit. Vers dix heures environ la sonnette électrique éclata dans l'antichambre, et je reconnus le coup de pouce de William Hopkins. Il entra bientôt, tenant une dépêche à la main.

— Bonjour, Sanfield. Il y a du nouveau.

— Ah ! en vérité ?

Je me dressai sur mon lit.

— Lisez, dit Hopkins en me tendant le papier froissé.

Il se laissa tomber dans un fauteuil, alluma

un cigare et en silence, les jambes allongées sur le tapis, la tête renversée sur le dossier, les yeux au plafond, attendit paisiblement la fin de ma lecture.

La dépêche très brève était signée de Sam Harrisson :

« *Venez. Les choses se précipitent. Urgence.* »

— Il semble que le gaillard ait du flair, dit Hopkins en reprenant la dépêche.

— Qu'allez-vous faire ?

— Aller au Standard Trust ainsi qu'on m'y convie, et je venais vous chercher. Il est fâcheux, Sanfield, que vous ne soyez pas prêt.

— J'ai une migraine atroce.

— Levez-vous quand même, le grand air calmera cela.

C'était un ordre. D'ailleurs l'affaire de cette conspiration commençait trop à me passionner pour résister à l'ardent désir d'en voir se dérouler devant moi les péripéties. Je me levai donc et dix minutes après un cab nous menait vers la 8e avenue.

Cette fois il n'y avait avec Sam Harrisson que MM. Lemox et Mortimer. Devant eux, sur la table, était posée une boîte haute et étroite au couvercle détaché.

—Ah ! vous voilà, M. Hopkins, dit le roi des chemins de fer en allant à la rencontre de mon ami.

— Vous désiriez me voir ? Qu'y a-t-il de neuf, gentleman ?

— Ceci, dit M. Mortimer en désignant la boîte oblongue sur la table.

William Hopkins prit la boîte.

Prenez garde, dit M. Lemox, cela semble dangereux.

L'ayant considérée sur toutes ses faces, Hopkins retira de la boîte un objet noir, cylindre autour duquel était enroulé une mèche.

— C'est une bombe, dit-il simplement.

— C'est ce que je disais ! observa M. Mortimer.

— Lequel de vous, gentlemen, a reçu cet objet ?

— Moi, dit le roi des transatlantiques.

— Bien. Veuillez prendre la peine de me conter la chose.

Sans attendre qu'on l'y eût invité, Hopkins prit un siège, s'assit confortablement et me fit signe de l'imiter. Je m'assis à mon tour et M. Mortimer parla :

— Ce matin, pendant ma promenade habituelle, un homme s'est présenté à mon hôtel de Kensington-Parck, avec ce paquet soigneusement enveloppé. Il s'est adressé au portier et l'a prié instamment de me remettre personnellement la chose.

— Bien. Le portier connaissait-il cet homme ?

— Il assure que non.

— Bien. Comment a-t-il décrit l'aspect de cet homme ?

— L'homme était vêtu d'un grand manteau et avait la barbe rousse.

— Bien. Et les cheveux ?

— Ils étaient roux aussi, naturellement. La question semble inutile.

— Pas si inutile que vous pouvez le penser, gentleman. L'homme pouvait avoir la barbe rousse et les cheveux noirs.

— Cela se rencontre rarement, observa M. Mortimer avec un sourire non dénué de raillerie.

— Jamais, riposta Hopkins, excepté quand cet homme porte une fausse barbe.

—Qui vous l'a dit ? s'écria M. Mortimer.

— Je le devine, car une barbe rousse n'est pas un ornement et quand la nature vous l'accorde on s'en prive volontiers. L'homme pouvait avoir la barbe rousse, mais fausse, car rien n'enlève davantage au visage son caractère qu'une barbe rousse. Si l'homme est habile il aura songé à la perruque. Cet homme avait-il la chevelure rousse ?

— Je ne sais pas, dit le roi des transatlantiques.

— Le portier nous le dira, continua William

Hopkins. Est-ce là tout ce que l'homme dit au portier ?

— Il ajouta : « Veuillez dire à M. Mortimer qu'il s'agit de l'affaire des mines. » De là je conclus que la bombe était l'avertissement que faisaient prévoir les lettres anonymes reçues depuis deux jours.

— Et vous avez certainement raison, gentleman.

— Que comptez-vous faire, M. Hopkins ? demanda Sam Harrisson.

— Commencer l'enquête. M. Mortimer avez-vous votre voiture ?

— Oui. J'ai une auto.

— Celle-là que j'ai remarquée devant le portail de la maison, rouge avec des filets noirs.

— Vous êtes observateur, M. Hopkins ! s'écria le roi des transatlantiques surpris.

— C'est mon métier, confessa timidement mon ami. M. Mortimer, continua-t-il, voudra bien nous conduire à Kensington-Park. Il y aura là peut-être des renseignements à recueillir.

Nous prîmes congé de M. Lemox et de M. Harrisson. L'automobile de M. Mortimer en quelques minutes nous déposa devant le perron royal de l'hôtel de Kensington-Park. La description de ce magnifique immeuble ne peut être d'aucun intérêt pour ce récit, aussi bien ne convient-il pas de s'y arrêter outre mesure. L'élément de curiosité était pour Hopkins dans l'interrogatoire du portier. Mandé par un valet de pied il vint dans le salon où tous trois nous l'attendions.

C'était un homme de haute taille, très décoratif, très convaincu de l'importance de son rôle dans la domesticité de l'hôtel. A la première question de Hopkins il le toisa avec un regard où se lisait le plus profond des mépris. Il fallut pour le décider à parler que M. Mortimer lui-même intervint :

— James, répondez à monsieur comme à moi-même.

— A quelle heure l'homme roux est-il venu ? interrogea William Hopkins.

— A huit heures.

— Combien de temps après le départ de votre maître ?

— Une heure environ.

— Il avait la barbe rousse ?

— Parfaitement.

— Et les cheveux ?

— Les cheveux étaient gris.

— Comment gris ? s'exclama M. Mortimer.

— Oui, Monsieur, les cheveux étaient gris.

— Mais vous êtes fou, James !

— Que vous a dit l'homme ? interrompit Hopkins.

— Il m'a prié de remettre le paquet à M. Mortimer, particulièrement.

— C'est tout ?

— Oui, c'est tout. Le paquet remis il est parti.

— Cependant ne vous a-t-il pas parlé de mines ?

— Non, aucunement.

— Voyons, James, perdez-vous la raison ? cria le roi des transatlantiques. Cet homme vous a dit : « Veuillez dire à M. Mortimer « qu'il s'agit de l'affaire des mines. » Ne me l'avez-vous pas répété ?

— Moi, Monsieur ?

— Evidemment vous, James, qui voulez-vous que ce soit ? Où donc avez-vous la tête.

— Ce pauvre homme est évidemment troublé, dit Hopkins, on ne saurait lui en vouloir. Gentleman, ce que je sais de l'homme me suffit. Vous pouvez renvoyer le portier.

— Sortez ! dit M. Mortimer d'un ton dénonçant la colère. L'homme tourna sur lui-même et gagna la porte. Quand il fut sorti le maître de l'hôtel demanda:

— Qu'en faut-il penser, M. Hopkins ?

— Rien, en attendant d'autres événements, gentleman.Je pense que nous devons encore laisser agir l'homme à la barbe rousse. Il est jusqu'à présent maître de ses gestes comme charbonnier est maître dans sa maison. Attendons. Les plus fins se laissent toujours prendre.

— Désirez-vous que mon automobile vous reconduise chez-vous ?

— Non, en vérité, merci. J'ai quelques courses à faire encore ce matin. Je n'en userai donc pas. J'aurai, je pense, le plaisir de vous revoir ce soir au Standard Trust ?

— Certes oui.

— En ce cas j'aurai peut-être des nouvelles.

Nous sortîmes. Côte à côte nous marchions, Hopkins plongé dans le silence de ses réflexions. Arrivé au coin de la grande avenue qui troue le quartier neuf de Saltlake je sentis la main de mon ami me saisir le bras. Il était pâle, les yeux extraordinairement brillants.

— Qu'avez-vous donc, Hopkins, m'écriai-je saisi de frayeur.

— J'ai trouvé, me dit-il à voix basse.

CHAPITRE VI

Réapparition de l'homme roux avec une chevelure rousse, non pour apporter mais pour emporter.

Ayant dîné du côté de Brooklyn dans un petit restaurant modeste, Hopkins et moi nous regagnâmes Black-Road vers les trois heures. Un étrange spectacle nous attendait dans l'appartement du rival de Sherlock Holmès.

Pendant tout le trajet il m'avait été impossible de tirer une parole de mon ami. Son mutisme fut complet, inexorable, absolu.

— Y a-t-il donc quelque danger, Hopkins ? lui demandai-je enfin.

Il me regarda de son œil profond et net, qui vous fouillait l'âme et me dit laconiquement :

— Qui m'aime me suive !

— Je crains, Hopkins...

— Que ceux qui ont peur se mettent à couvert derrière moi !

— Je n'ai pas peur, Hopkins, vous le savez bien.

— Alors, marchons.

— C'est ainsi que nous atteignîmes Black-Road vers trois heures, je l'ai dit.

— Avez-vous à faire quelque chose chez vous ? me demanda William.

— Non, rien que je sache.

— Alors, venez fumer un cigare chez moi.

Au septième étage l'ascenseur stoppa.

Hopkins appuya sur le bouton électrique. Quelques minutes passèrent. Une nouvelle fois, il sonna. Le silence pesant régnait derrière la porte close.

— Il est étrange que le boy soit sorti à cette heure, observa à voix basse Hopkins, tandis qu'il tirait de sa poche une clef de forme bizarre nickelée. Il l'introduisit dans la serrure, appuya et la porte s'ouvrit. Nous entrâmes.

La porte du studio était au fond du couloir servant d'antichambre. Cette porte poussée, Hopkins jeta un cri et se précipita.

Le groom ligoté et bâillonné gisait au milieu du parquet.

— J'aurais dû m'en douter, dit Hopkins. On est venu pendant mon absence.

— Qui donc ? m'écriai-je.

— L'homme à la barbe rousse, dit le rival de Sherlock Holmès.

Il était penché sur le groom et ayant examiné les nœuds de la corde qui le retenait prisonnier, coupa les liens sans toutefois toucher à ces mêmes nœuds. Une éponge sèche était enfoncée dans la bouche du serviteur, lui permettant de respirer tout en étouffant sa voix. Quand ce bâillon lui fut enlevé, le groom jeta un cri où se mêlait à la fois la terreur de l'attaque et la reconnaissance de la délivrance.

— Ah ! mister Hopkins !

— Eh bien, mon garçon, qu'est-il donc arrivé ici ?

— L'homme... l'homme... bégaya le groom.

— Un homme à barbe rousse, n'est-ce pas, mon garçon ?

L'étonnement se lut dans les prunelles du groom :

— Mister Hopkins... vous... vous... le connaissez donc ?...

— Oui, mon garçon. Mais dites moi ce qui est arrivé ici.

Tout en parlant le regard d'Hopkins fouillait la pièce. Les papiers de la table de travail avaient été fouillés ; les tiroirs d'une commode basse gisaient sur le parquet avec leurs documents, leurs livres, leurs carnets dispersés.

Tout était d'un désordre où se reconnaissait à vue d'œil la hâte du voleur.

Le groom raconta :

— Vers midi un homme est venu, un homme à barbe rousse qui disait connaître mister Hopkins. Il a dit qu'un rendez-vous était convenu et qu'on l'avait prié d'attendre. Je l'ai introduit ici sur sa demande. Brusquement son poing m'est tombé sur la nuque. J'ai été étourdi et je suis tombé. C'est tout ce que je sais...

— A merveille, dit Hopkins. C'est ce que je pensais. Savez-vous ce que l'homme à la barbe rousse venait chercher ici, Sanfield ?

— Puis-je le deviner, Hopkins ?

— Ceci, Sanfield !

Ce disant mon ami tirait de sa poche la liasse de lettres de menaces adressées aux membres du comité directeur du Standard Trust.

— Les lettres !

— C'est cela même. Il a compris que là était la faute, l'heureuse faute qui le ferait prendre. Il a voulu réparer sa bévue. C'est pourquoi il est venu. Il n'a rien trouvé. Il a laissé ici toute espérance de réparer utilement la faute, nous le tenons.

Et un sourire de triomphe illumina le visage du logicien qui dépassait en ce moment de cent coudées les plus belles imaginations de son heureux et illustre rival, Sherlock Holmès.

Puis s'adressant brusquement au groom :

— N'est-ce pas, mon garçon, que l'homme avait la chevelure rousse ?

— Oui, mister.

— C'est cela, dit Hopkins.

Et il se frotta les mains.

— Je vous prie de remarquer, Sanfield, que le gaillard est habile et qu'il fait des progrès. Mais, une fois encore, ce progrès est ma faute, je vous le dis véritablement. Mais nous allons lui porter un coup de Jarnac dont il ne se relèvera pas. Notez encore ceci, Sanfield, ce matin à huit heures en venant chez M. Mortimer, l'homme à la barbe rousse n'avait pas de perruque ; en revenant à midi, ici, chez moi, il portait une perruque. Ne trouvez-vous pas cela particulièrement étrange ?

Puis se tournant brusquement vers le groom il lui demanda :

— Mon garçon, savez-vous écrire à la machine ?

— Oui, mister, j'ai suivi le cours à l'école de Long-Island.

— Bien. Il s'agit aujourd'hui de faire honneur aux professeurs de Long-Island. Venez. Je vous demande un instant, Sanfield ; voici des cigares et du whisky. Je suis à vous.

Avec le groom, Hopkins disparut dans la pièce voisine. J'allumai un cigare et me versai un verre de whisky en attendant leur retour. J'en étais à ma dernière bouffée et à ma dernière gorgée, quand je vis entrer Hopkins et un personnage qui m'était totalement inconnu.

C'était un individu aux tempes blanchies, un peu courbé, à la lèvre pendante, vêtu d'une redingote luisante mais propre, cravaté de blanc et le nez chevauché de lunettes d'or derrière les verres un peu troubles desquels pétillait un regard aigu et vif.

Je me levai pour saluer le nouvel arrivant.

— Vous ne reconnaissez pas, monsieur ? me demanda Hopkins.

— Je ne me souviens aucunement de son visage.

— Monsieur est le dactylographe des bureaux Mortimer.

— Ah ! à merveille. Je vous salue, monsieur.

William Hopkins éclata de rire.

— A merveille, Sanfield ! Je vois que j'ai réussi.

— Réussi ?... comment ?...

— C'est le groom !

Je m'écroulai dans le fauteuil. C'était donc le groom que cet individu aux lunettes d'or !

— N'est-ce pas que l'élève me fait honneur ? questionna William Hopkins.

— C'est extraordinaire murmurai-je. Qui ne s'y tromperait ?

— Voici la dernière carte que je joue, dit Hopkins. Pour gagner la partie tout m'est bon et je prends mon bien où je le trouve. Si ce que je présume est exact nous tiendrons demain l'homme à la barbe rousse. Je serai de retour dans une heure, Sanfield. Puisez dans ma boîte aux havanes et usez du whisky. Au revoir.

Suivi du groom si habilement grimé il s'en alla.

Je pris un nouveau cigare (ils étaient d'une saveur véritablement remarquable) et je humai avec plaisir ce whisky de grande marque.

William Hopkins fut exact. Une heure après il poussait la porte de l'appartement de Black-Road.

— C'est fait, Sanfield, dit-il en entrant. Tout marche à souhait. Voilà le groom dans la place.

Et il me raconta sa démarche.

Il s'était rendu chez Sam Harrisson sous le prétexte de recueillir de nouveaux renseignements nécessaires à son enquête. Au cours de la conversation il l'avait prié de placer un sien ami, habile dactylographe tombé dans la gêne, dans un des bureaux du trust, chez M. Mortimer, par exemple. Sam Harrisson n'avait fait aucune difficulté. Un coup de téléphone de lui au chef du personnel du département des transatlantiques avait fait admettre aussitôt le dactylographe. Hopkins avait remercié et était parti.

— Maintenant, dit-il, il ne nous reste plus qu'à attendre le retour du groom. Je pense que ce garçon aura suivi mes instructions. Prenez un cigare, Sanfield.

La conversation de Hopkins fut pendant ces heures d'attente véritablement charmante. Il me montra sa garde-robe riche d'une centaine de déguisements les plus variés. Il en tirait quelque orgueil.

— Voilà mes bijoux, dit-il plaisamment en désignant les défroques les plus hétéroclites où le manteau de cuir du cocher voisinait avec la blouse courte et le foulard du commissionnaire, la redingote du clergyman avec le pantalon de cuir du cowboy, la tunique à boutons de métal du policeman avec la veste ronde de l'ouvrier coltineur des ports.

En refermant les portes des armoires Hopkins soupira d'un ton comique qui me fit rire :

— J'avais pourtant là quelque chose pour faire un acteur !

Vers huit heures le groom rentra.

— Réussi ? demanda péremptoirement le maître.

— Yes, répondit brièvement le serviteur.

Et il lui tendit une liasse de feuilles.

— Sanfield, dit Hopkins, il se fait tard et je ne puis vous retenir. Ma nuit sera laborieuse et il me faudra sans doute travailler jusqu'à l'aube. Bonne nuit, donc. Je viendrai vous réveiller de grand matin. J'ai la clef du mystère. C'est fini, tirez le rideau, la farce est jouée. A demain.

Nous nous serrâmes la main, et, avec son groom, Hopkins s'enferma dans le studio.

Il préparait le dénouement de la comédie

CHAPITRE VII

Il convient de faire ses visites importantes de grand matin.

— Le cab nous attend à la porte, me dit Hopkins en entrant dans ma chambre à coucher le lendemain.

— En ce cas, je vous demande cinq minutes et je suis à vous, William, dis-je en sautant de mon lit.

Hopkins s'était assis.

— Belle journée, dit-il.

Je regardai le ciel gris, maussade, terne, qui traînait au-dessus de New-York ses nuages de cendre grise, de suie opaque.

— Plaisantez-vous, Hopkins ? Il pleuvra s'il ne pleut déjà. Que parlez-vous d'une belle journée ?

— J'entends belle journée pour nos affaires, répondit le rival modeste de l'illustre ami du docteur Watson.

— Alors, Hopkins, vous avez réussi ?

Mon ami tira sa montre, et négligeant de répondre à ma question, dit :

— Encore trois minutes, Sanfield.

Je compris qu'il n'en voulait pas dire davantage en ce moment et, habitué depuis longtemps aux fantaisies de Hopkins je me gardai bien d'insister.

Un quart d'heure plus tard le cab stoppait devant le perron monumental de l'hôtel Mortimer à Kensington-Park.

Le roi des transatlantiques parti, comme chaque jour, en promenade matinale, n'allait pas tarder à rentrer. Dans le vestibule nous attendîmes et bientôt un pas rapide et saccadé nous tira du silence où nous étions plongés.

C'était M. Mortimer qui arrivait.

A la main il tenait une boîte semblable à celle que nous avions vu la veille sur la table de la salle du Conseil du Standard Trust et que le mystérieux homme à la barbe rousse avait apporté.

— M. Hopkins, je suis heureux de vous voir ! s'écria le milliardaire en nous apercevant. Voici un nouvel envoi qui vient de me parvenir.

— La plaisantere continue, sourit mon ami.

— Veuillez passer dans mon cabinet, dit M. Mortimer en nous précédant dans ses salons dont le luxe était bien fait pour éblouir même les yeux les plus habitués aux magnificences de l'art et de la richesse.

Au bout d'une longue galerie ornée de marbres et de bronzes éclairées de verrières prenant jour sur un admirable jardin, s'ouvrait le cabinet de travail du roi des transatlantiques.

Il entra, jeta son chapeau et son manteau sur un siège et nous fit un signe rapide pour nous inviter à prendre place.

— J'ai de mon côté cherché, dit-il, hier toute la journée j'ai tenté de retrouver la trace de l'étrange porteur de bombes, mais j'ai perdu ma journée. Tout à été vain et ce matin encore une nouvelle bombe a été apportée.

Pendant ce rapide discours prononcé d'une voix assurée, l'attitude de William Hopkins n'avait pas manqué de me surprendre. Insensiblement il s'était approché du siège où reposaient le manteau et le chapeau du milliardaire. Par un mouvement qui, au premier coup d'œil, semblait maladroit et involontaire, mais qui en réalité était habilement calculé, Hopkins avait fait choir le chapeau sur le magnifique tapis du cabinet de travail. Le couvre-chef roula pendant quelques mètres et s'arrêta contre un des angles du bureau. Avec empressement mon ami se précipita pour le ramasser. L'ayant tenu en main quelques instants il le retourna et considéra avec attention le rebord intérieur et, de l'ongle détacha quelque chose qu'à la distance où j'étais assis, je ne pouvais distinguer. Ceci fait, il mit le chapeau en place et du ton le plus naturel du monde demanda au milliardaire :

— Ne trouvez-vous pas, M. Mortimer, que les perruques sont bien mal faites aujourd'hui ?

Le roi des transatlantiques eut un soubressaut, sa voix s'étranglait dans sa gorge :

— Que voulez-vous dire ?

— Que je regrette beaucoup, gentlemen, de n'avoir pas été chez moi hier, à midi, lors de votre visite !

Vous êtes fou, M. Hopkins !

— Aucunement, gentlemen, je sais ce que je dis.

A ces mots le roi des transatlantiques sembla fouiller dans sa poche du geste familier de l'homme qui empoigne la crosse de son revolver. Ce mouvement n'échappa pas à William Hopkins qui dit, tranquillement :

— Quand vous m'aurez tué il ne me faudra que six pieds de terre. Mais cela n'arrangera pas les affaires. Causons, M. Mortimer.

Avec accablement, se voyant pris, le milliardaire se laissa tomber dans un fauteuil, et sa voix éteinte, comme un râle d'agonie, murmura :

— Je suis entre vos mains. Tout est perdu...

— Fors l'honneur ! acheva Hopkins. Tout peut encore s'arranger, M. Mortimer.

— J'avoue, dit le roi des transatlantiques. Je suis l'homme à la barbe rousse.

— Je le savais, dit simplement Hopkins.

Un regard de stupeur fut la réponse de M. Mortimer.

— Oui, continua le rival de Sherlock Holmès, j'avais tout deviné dès le premier soir. Je veux vous épargner l'aveu d'une confession, car c'est une chose toujours pénible. Et, étant homme, comprenant les faiblesses humaines, je ne veux pas frapper un homme de qualité... et d'une valeur comme la vôtre. Je vais donc vous dire ce qui s'est passé. Si je me trompe veuillez me le dire.

S'étant croisé les jambes, les mains jointes, d'une voix calme, William Hopkins continua en ces termes :

— Vous avez été trappeur dans l'Arkansas, M. Mortimer...

— A ces mots le milliardaire bondit :

— Nul ne le sait, hormis moi, s'écria-t-il. Qui donc vous l'a dit, M. Hopkins ?

— Les nœuds de la corde qui emprisonnait

mon groom. Ces nœuds ne pouvaient être faits que par un trappeur et un trappeur de l'Arkansas, car vous n'ignorez pas que chaque agglomération de trappeurs a des habitudes et que ces habitudes varient par province. Je poursuis donc. Quand j'ai dit, lors de la réunion des membres du Standard Trust, que je ne savais pas lire, le soir, je voulais observer le visage de chacun des membres pendant la lecture que faisait mon ami l'ingénieur Sanfield de la lettre de menaces. Seul le vôtre à cette lecture n'a pas tressaillit. C'est donc que vous étiez ou plus fort que vos collègues, ou prévenu et parfaitement au courant de la valeur et de l'importance de ces lettres. En tous cas c'était un indice. Ce soir là j'ai appris que vous seul aviez combattu l'achat des mines et que vous aviez déprécié leur valeur. Dans quel but ? Je l'ignore, mais je compte que vous me l'apprendrez quand j'aurai terminé. Ce même soir j'ai dit qu'une faute avait été commise par l'auteur de ces lettres. Je vous ai vu frappé de cette remarque. Quand j'ai parlé d'emporter ces lettres, vous seul vous vous êtes écrié : « Est-ce bien utile ? » C'est donc que vous saviez les lettres maladroites, dangereuses dans ma main. Le lendemain vous avez compris le danger, c'est pourquoi me sachant absent de chez moi vous avez tenté de reprendre les lettres.

— C'est vrai, confessa le milliardaire, j'ai fait cela, moi.

— Je le sais, continua imperturbablement Hopkins. Pour cela vous avez repris le déguisement de la barbe rousse adopté le matin pour apporter la bombe chez votre portier. Cette bombe avait pour unique but de terroriser les membres du Standard Trust en leur montrant que les auteurs des lettres étaient capables de pousser leurs menaces jusqu'à l'exécution. Vous comptiez qu'ils céderaient après cela et renonceraient au trust des mines. Quand j'ai interrogé le portier vous êtes tombé dans le piège que je vous tendais, oh ! bien innocemment. Lors du premier déguisement vous aviez oublié la perruque rousse, complément indispensable de la barbe. Ce détail des cheveux gris — et les vôtres le sont, M. Mortimer ! — avait frappé le portier. D'autres pouvaient le remarquer. Aussi êtes vous venu à Black-Road avec une perruque rousse. Je n'ai pas besoin d'apprendre de votre bouche la confirmation de ce même détail. Tenez, là, à l'instant, j'ai retrouvé, collé au cuir intérieur du chapeau, quelques cheveux roux. Donc vous aviez la perruque. N'ayant pas trouvé les lettres chez moi, vous avez voulu précipiter les choses, frapper un grand coup de terreur. J'ai failli attendre pour savoir si vous oseriez aller jusqu'au bout de ce que promettaient les lettres, quoique au fond de moi-même je doutais de leur sincérité. C'est alors que moi aussi j'ai précipité les choses, je vous ai enlevé la ressource du temps, car le temps et moi tenions la partie dans nos mains. De là la nouvelle bombe de ce matin. Je sais qu'elle est inoffensive. Elle a coïncidé avec la découverte d'une chose très intéressante, à savoir que les lettres à la machine à écrire avaient été faites sur une des machines de vos bureaux. Le groom que vous avez failli suffoquer hier s'en est rendu compte le soir même. Par quel moyen ? C'est mon affaire. Vous voyez M. Mortimer que rien ne fut plus simple.

— Il ne me reste plus qu'à me tuer !... soupira tragiquement le milliardaire.

— Quel grand artiste va mourir ! sourit malicieusement Hopkins. Non, cher M. Mortimer, vous ne vous tuerez pas. Vous allez simplement nous dire pourquoi vous désiriez empêcher l'achat des mines du Kentucky, de la Californie, du nouveau Mexique, du Colorado, de la Caroline, du Montana et du Dakota, par le Standard Trust. Après cela nous aviserons au moyen de réduire cette affaire à sa plus simple expression.

— Vos paroles me rendent confiance, M. Hopkins, dit le milliardaire, et, puisque vous avez su si habilement découvrir la chose, je n'hésite pas à vous dire franchement mon but. Mes deux milliards constituent une infériorité à l'égard des autres membres du Trust possesseurs de fortunes plus élevées. Je cherchais mille moyens de les augmenter, mais on n'est plus heureux à notre âge.

Sur ces entrefaites se présenta l'affaire des mines. Je compris aussitôt de quelle importance elle était et quelle source d'énormes bénéfices pouvait en découler pour l'acquéreur. Je m'ingéniai à découvrir le moyen propre à en empêcher l'achat par le Standard Trust. Je m'opposai de toutes mes forces à la réalisation de l'affaire. Mes collègues passèrent outre et décidèrent l'acquisition des mines. Alors je recourus au moyen des lettres anonymes, persuadé que la peur ferait ce que seul je n'avais pu accomplir et me permettrait de prendre pour moi ce que le Standard Trust voulait pour lui. Voilà l'exacte vérité.

— Le plan était habile, dit Hopkins, et digne d'être appliqué en d'autres circonstances. Je le soupçonnais sans en être certain. Ce que vous me dites dissipe mes derniers doutes.

— Et maintenant, demanda M. Mortimer, que faire ? que vais-je devenir ?

— Donnez-moi votre parole d'honneur de renoncer à vos projets, dit mon ami.

— Je vous la donne.

— Solennellement ?

— Solennellement.

— Bien. Je préviendrai M. Sam Harrisson que je serai ce soir à la disposition du Comité directeur du Standard Trust pour rendre compte du résultat de ma mission. J'espère vous y rencontrer.

— Vous allez raconter que ?... s'exclama la gorge serrée, les mains tremblantes, pâle et inquiet, le roi des transatlantiques.

— Avez-vous confiance en moi ?

— Certes oui, mais...

— En ce cas veuillez avoir confiance jusqu'au bout. J'ai l'avantage de vous saluer, M. Mortimer.

Reconduits jusqu'à la porte par le milliardaire éperdu nous sortîmes du somptueux cabinet de travail où le rival de Sherlock Holmès venait de démasquer si habilement l'ancien trappeur de l'Arkansas devenu le roi des transatlantiques — à la veille d'être digne de la Cour d'Assises, tant il est toujours vrai que la Roche Tarpéienne est près du Capitole.

CHAPITRE VIII

Court chapitre sur une brève séance du Standard-Trust.

— Sanfield, me dit Hopkins, j'ai grand appétit. La réussite de notre affaire vaut bien un excellent déjeuner. Allons au Waux-hall Garden. Le vin de France y est digne de notre intérêt.

Hélant un handsow (1) nous nous mîmes en route vers ce restaurant fameux du meilleur aloi.

Chemin faisant j'observais le visage de mon ami.

Il était rayonnant. Le cigare au coin de la

(1) Cabriolet en usage à New-York.

bouche il dépêchait par la portière une fumée bleuâtre que le vent aigre et vif secouait au loin, par les rues grises de cette morne matinée pluvieuse.

Le déjeuner fut succulent et admirablement composé. Au café, devant le verre de gin, Hopkins rappela les incidents de la matinée et la marche des événements.

— Tout s'enchaînait dans cette affffaire, dit-il. Dès les premières paroles de Sam Harrisson, je compris qu'il me fallait circonscrire le cercle de mes recherches. Ce que je vous ai dit en revenant ce soir-là à Black-Road était le premier jalon de mon raisonnement. Ce que vous m'avez appris concernant les mines convoitées par le Standard Trust fut le second jalon. La piste était indiquée, il ne me restait plus qu'à la suivre jusqu'au bout. Vous avez vu, Sanfield, si nous avons abouti. Une fois arrivé à l'identification de l'homme à la barbe rousse, je me suis senti dans la place et me suis dit : j'y suis, j'y reste. J'y restai. Eus-je tort ?

— Hopkins, dis-je, votre enquête confine au génie !

— Mais non, mais non, sympathique ami, rien ne fut plus simple. Quiconque eût raisonné fût arrivé au même résultat en plus ou moins de temps. L'essentiel pour nous, aujourd'hui, est que l'affaire soit terminée.

— Mais il nous reste encore votre visite au Trust, ce soir ?

— Oh ! ce n'est qu'une simple formalité !

— Qu'allez vous faire, Hopkins ? Et comment espérez vous terminer tout cela sans qu'il en résulte quelque dommage pour M. Mortimer ?

— Précieux ami, il est deux heures. Je vais aviser Sam Harrisson de ma visite pour ce soir huit heures. Il me reste donc six heures pour savoir à quelle décision je m'arrêterai. Allons faire un tour à Brooklyn.

A la porte de Chelsea-Road, Hopkins envoya le télégramme pour le roi des chemins de fer, et, ayant passé un court instant dans l'appartement de Black-Road nous achevâmes la journée par une promenade au long des quais où s'opérait le débarquement des transatlantiques européens.

A huit heures sonnant on nous introduisit dans la salle du Conseil du Standard Trust.

Ainsi qu'au soir de notre première visite les cinq rois étaient là, assis en cercle autour de la grande table. Mon regard alla vers M. Mortimer. Seule la pâleur de son visage trahissait son inquiétude secrète.

— Eh ! bien, M. Hopkins ?... interrogea Sam Harrisson à l'entrée du rival de Sherlock Holmès.

— Messieurs, dit Hopkins, en se tenant debout devant la table, les deux mains appuyées sur le tapis, je ne vous retiendrai pas longtemps. Votre temps est précieux et le mien n'est pas à perdre. L'auteur des lettres anonymes est découvert. Il a avoué. Son nom ne vous apprendrai rien d'autant plus qu'il ne recommencera ni ne continuera pas. Cet homme là est mort et il n'y a que les morts qui ne reviennent pas. Je vous apporte ici le témoignage formel de son repentir et de ses regrets. Vous pouvez en toute sécurité acheter les mines du Colorado, de la Caroline, du Dakota, du nouveau Mexique, de la Californie, du Kentucky et du Montana. J'aime à croire que M. Mortimer ne s'y opposera plus. Il reconnaîtra avec vous, que l'affaire est excellente véritablement puisqu'elle a excité des convoitises qui n'ont pas craint de s'affirmer par des menaces de mort à l'égard de vos estimables et honorables personnes. M. Mortimer, en outre, ne recevra plus de bombes. Je vous en apporte par la même occasion l'engagement certain. C'est tout ce que j'avais à vous dire, messieurs. Je suis votre serviteur.

— Merci, gentleman, dit Sam Harrisson. Le Standard Trust vous exprime sa reconnaissance.

Ce disant il tirait de sa poche un carnet de

chèques, remplit une feuille, la déchira et la tendit à William Hopkins :

— Caisse ouverte de 9 heures à 3 heures, gentleman.

*
* *

Hopkins prit le chèque, salua et sortit.

Ainsi se termina le mystère de la conspiration contre le roi de l'or, le roi de l'acier, le roi des bœufs, le roi des chemins de fer, et... — il faut le dire, aussi invraisemblable que cela puisse paraître — contre le roi des transatlantiques, pauvre et honteux de ses deux milliards.

CHAPITRE IX

Le cadavre de la marnière de Trafalgar-City.

Un jour, c'était vers la fin de juillet, nous nous promenions, Hopkins et moi, dans le beau jardin de plantes exotiques qui entoure le Museum-Palace au delà de la route du métropolitain de Trenton. La chaleur était véritablement accablante et malgré toute les liqueurs à la glace et les boissons rafraîchissantes les plus variées que nous avions bu, une soif intolérable nous corrodait la gorge, désséchait notre bouche. La sueur nous ruisselait au long du front. A proximité des cascades dont les eaux traversent le jardin du Museum-Palace en un flot écumeux et bouillonnant, nous nous étions assis.

Que se passa-t-il ? Etait-ce la chaleur, l'accablement de l'atmosphère, la soif, autre chose, je ne sais ; toujours est-il que je m'endormis sur le banc, aux côtés de Hopkins s'éventant avec la paille de Floride de son panama.

Brusquement je fut réveillé.

C'était mon ami qui me secouait le bras.

— Sanfield, dormez-vous ?

— Je le crois aisément, dis-je, en me frottant vigoureusement les paupières d'un geste machinal. Et vous ? demandai-je à Hopkins.

— Moi, je viens d'acheter le journal du soir, j'ai lu pendant que vous dormiez.

— Et... rien d'intéressant ?

— Non, rien... Ah ! si !... un crime trop compliqué pour ne pas être trop simple.

— Où cela ?

— A Trafalgar-City !

— Dans le Tennessée ?

— Là même. Voyez.

Et Hopkins me tendit le journal plié, soulignant de l'ongle l'article signalant le crime en plusieurs lignes de gros titres :

LE CRIME DE TRAFALGAR-CITY

—

UN ASSASSINAT POUR RIEN

—

MORT AFFREUSE DE LA VICTIME

—

L'ASSASSIN EST ARRÊTÉ

—

LE MYSTÈRE DE LA MARNIÈRE

Sous ces six lignes s'étendait le récit du crime.

Depuis l'affaire du Standard Trust aucun événement intéressant véritablement n'était venu interrompre la monotonie de notre vie à Black-Road. C'est pourquoi je me hâtai de lire l'article du journal, persuadé que si Hopkins me le signalait c'est qu'il y voyait l'intérêt d'une affaire mystérieuse et compliquée à souhait, et telle qu'il la souhaitait au gré de ses désirs de logicien sûr de vaincre les ténèbres et d'arriver par la force du simple raisonnement et de la déduction à la manifestation de la vérité.

Je lus donc ceci :

« — *Trafalgar City*, 20 *juillet — Par dépêche* « *du service spécial de l'Américan-Messenger* « — Hier un crime aussi barbare qu'inexpli- « cable a été commis à Trafalgar-City dans des « circonstances particulièrement odieuses. Le « fossoyeur de cette ville, un nommé Joë « Braddford a précipité dans une marnière « profonde de quatre-vingts pieds, un nommé « Jim Rackson, aide-fossoyeur. Avant de jeter

« sa victime dans ce puits, Joë Braddford lui
« a fracassé la tête qui fut réduite en bouillie
« sous la violence des coups. On a retrouvé
« dans la poche de la victime les deux dollars
« du salaire de la semaine plus une grosse
« bague en or. Le vol ne semble donc pas avoir
« été le mobile du crime. Joë Braddfort a été
« arrêté par le constable de Trafalgar-City et
« aussitôt écroué. Il semble avoir, à la suite de
« ces événements, perdu la raison. On n'a pu
« tirer de lui aucun renseignement susceptible
« de jeter la lumière sur ce drame atroce qui
« a soulevé à Trafalgar-City un vif sentiment
« de profonde horreur. »

Ceci lu, je rendis le journal à Hopkins.

— Que pensez-vous de cela, Sanfield ? me demanda-t-il.

Je pense que voilà un crime réellement épouvantable. Ce Joë Braddford réduisant en bouillie la tête de son aide, est une véritable brute. C'est un assassinat, en vérité, des plus odieux.

— Rien ne vous a semblé particulièrement étrange dans le crime lui-même ?

— Non, rien, si ce n'est l'incomparable sauvagerie du meurtrier.

— Ainsi, ce crime sans motifs vous semble admissible ? Vous concevez qu'il a pu se passer tel que l'*Américan-Messenger* le relate ?

— Pourquoi pas ? Cela déjà s'est vu.

— Ce n'est pas une raison.

— Que prétendez-vous dire, Hopkins ?

— Pourquoi ce Braddford après avoir fracassé la tête de Rackson l'a-t-il jeté dans la marnière ?

— Pour cacher son crime.

— Alors pourquoi n'a-t-il pas dépouillé le cadavre ? Le journal dit qu'on a retrouvé dans les poches deux dollars et une grosse bague d'or.

— Peut-être le temps lui a-t-il manqué ?

— C'est improbable, car le journal dit encore que le constable a procédé à l'arrestation. Donc c'est après le crime que Braddford a été arrêté, alors qu'il avait eu certainement le temps de vider les poches de sa victime.

— Cela peut être.

— Cela doit être. Il n'est pas difficile de le supposer à la lecture de l'article. Donc, si le vol n'est pas le mobile du crime, il en existe un autre.

— Peut-être la colère ? la vengeance ?

— La colère ne prend pas la précaution de dissimuler ainsi, car en jetant le cadavre dans la marnière la dissimulation est démontrée. Mais comment cet homme devenu fou a-t-il pu accomplir cet acte de prudence compréhensible chez un assassin doué de ses facultés, incompréhensible chez un individu privé de raison ? Si, après le crime, cet homme est devenu brusquement dément, c'est qu'une chose horrible, épouvantable, l'a frappé. Cette chose quelle est-elle ? Voilà le *hic*. Là est l'intérêt, là est pour nous le classique « du pain et des spectacles. » Je présume, Sanfield, que cette affaire est plus intéressante que nous pouvons le supposer.

Je vis aussitôt où Hopkins en voulait venir. Malgré la chaleur j'aurais pu m'écrier en parodiant l'antique « Douleur, tu n'es pas un mal ! » « Chaleur tu n'es pas un empêchement ! » Faisant taire le cri de mon accablement caniculaire, et repris moi aussi par le désir de nouvelles aventures dont depuis trois mois notre vie était veuve, je demandai simplement au perspicace et humble rival de Sherlock Holmès :

— Hopkins, à quelle heure partons-nous ?

— Je pense qu'il y a un train vers 8 heures, dit mon ami. Cela nous donne le temps de dîner confortablement et de boucler nos valises en prenant du loisir. J'aime à voir, Sanfield, que vous commencez à prendre goût au métier d'observateur. Il me plaît d'avoir à mes côtés un homme pour qui la phrase : « Tirez les premiers, messieurs les Anglais ! » serait vaine...

— Et insultante, ajoutai-je. Je suis américain, Hopkins.

— Je le vois, dit-il en me serrant vigoureusement les deux mains.

Et nous allâmes dîner. A 8 heures 10, le train quitta le quai de la gare par la voie de Trenton, Harrisburg, Cincinnati et Nashaville.Le lendemain soir nous fûmes arrivés à Trafalgar-City.

C'est une région humide, sablonneuse, où la glaise abonde. De là l'origine de ces marnières dans une desquelles à quatre-vingts pieds de profondeur avait été retrouvé le cadavre de l'aide fossoyeur Jim Rackson.

Ayant découvert un hôtel tranquille, Hopkins me dit :

— Reposons-nous d'abord. La journée de demain sera peut-être laborieuse.

Le lendemain de grand matin nous fûmes debout. Le premier soin de mon ami fut d'aller rendre visite au Constable. Grâce à son nom, à la réputation dont-il jouissait dans l'administration de la police, Hopkins obtint tous les renseignements désirables. Ainsi qu'il l'avait justement présumé, l'arrestation de Joë Braddford avait été opérée plusieurs heures après le crime. Quant au crime lui-même il n'avait eu nul témoin. La seule preuve contre le fossoyeur était sa présence au bord de la marnière.

A vrai dire, cette preuve n'était pas unique.

On avait relevé autour de la fosse l'empreinte de ses pas mêlée à celle des pas de Jim Rackson.

— Et ces empreintes, demanda Hopkins, existent encore ?

Le juge lui confirma le détail.

— Je soupçonne cette affaire de nous ménager des surprises, acheva mon ami.

— Je suis d'un avis contraire, riposta aigrement le juge. Braddford a été saisi sur le lieu du crime. Sa participation, sa culpabilité sont hors de doute. J'en suis convaincu. Tout le monde en est convaincu. Je serais curieux, gentleman, de nous voir apporter la preuve du contraire.

Hopkins se leva.

— Au revoir, dit-il simplement.

Et, accompagné de moi, il alla vers la marnière tragique.

C'était un lieu véritablement sinistre à quelques milles de la ville, au milieu d'un paysage ravagé où s'élevaient les ruines d'une ancienne usine. Le cimetière était à un quart d'heure de distance, de l'endroit où se creusait la fosse de la marnière. On ne pouvait admettre que Jim Rackson eût été tué dans le cimetière par son chef et transporté jusqu'au trou où son cadavre avait été retrouvé. D'ailleurs, cette opinion devait être formellement contredite par l'empreinte des pas de l'aide-fossoyeur et de l'assassin. Ces empreintes, à genoux dans la glaise autour de la marnière. William Hopkins les releva avec le soin méticuleux et précis qu'il apportait toujours dans les détails les plus minimes de ses enquêtes et de ses observations.

Cet examen terminé, il se releva, et ses yeux parurent exprimer toute sa satisfaction.

— Retournons déjeuner à Trafalgar City, dit-il, nous reviendrons ici avant la nuit.

Le déjeuner terminé, Hopkins retourna chez le constable. Quand il sortit de son cabinet, il tenait à la main, enveloppé dans un journal, un paquet oblong. Ce paquet sous le bras, il retourna à la marnière. Je l'accompagnais. Arrivé à l'endroit du crime, il défit le journal et sortit du papier une paire de chaussures.

Je remarquai aussitôt qu'elles étaient dissemblables et avaient dû certainement appartenir à deux individus d'âge différent.

— D'abord, le soulier du vivant, dit Hopkins.

Le soulier à la main, il remonta jusqu'à l'endroit où la trace des pas était encore visible. Sur une de ces empreintes, il plaça le premier soulier et le considéra attentivement.

Il hocha la tête et replaça la chaussure sur une autre empreinte. Je l'entendis murmurer entre ses dents :

— C'est cela.

Successivement, il plaça la chaussure dans les empreintes, et cette opération le mena à quelques pas de la marnière. Là les traces du soulier du vivant s'arrêtaient.

— C'est bien ce que je pensais, dit Hopkins.

Il reprit l'autre chaussure roulée dans le journal.

— Et maintenant au soulier du mort.

De l'endroit où la trace des pas était apparente, aux bords de la fosse tragique, le même travail lent et minutieux fut recommencé par mon ami.

Quand ce fut terminé, je lui vis aux lèvres le sourire de la satisfaction des pistes heureuses relevées.

Sur ces entrefaites, le soir était lentement tombé, un de ces soirs d'été, lourds et silencieux contribuant à augmenter l'horreur tragique du funèbre paysage où s'était passée notre journée. Les ombres obliques des usines en ruines s'étendaient en grandes bandes découpées sur le sol d'où sourdait une humidité malsaine. Au loin, on voyait la masse sombre des cyprès et des peupliers du cimetière. L'impression de cette vision fut vive sur nous, car, en silence nous regagnâmes Trafalgar-City où les journaux du soir ne donnaient aucune nouvelle autre que celles que nous connaissons, du crime de la marnière de Tom-Camp. (C'est ainsi que se nommait ce funèbre endroit.)

Le lendemain, de grand matin, le constable revit Hopkins. Celui-ci venait le prier de lui communiquer la bague d'or trouvée dans la poche du cadavre. Ce qui fut fait. En même temps, mon ami sollicita l'autorisation de voir dans la chambre d'autopsie de l'hôpital l'aide-fossoyeur qu'on y avait transporté.

Ce fut un spectacle dont l'horreur est loin d'être effacée de ma mémoire.

Sur une table basse, rude et nue, couvert d'un drap d'une blancheur sinistre, reposait le corps de l'assassiné. La tête était effroyablement meurtrie. Ce n'était qu'un amas informe et sanguinolent d'os broyés, de chairs tuméfiées, une chose sans nom où aux caillots d'un sang noirâtre se mêlaient des lambeaux arrachés du cuir chevelu. Froidement, la face impassible, Hopkins examina cette horreur funèbre, ces lamentables restes.

Je m'étais écarté, terrifié, épouvanté, et chacun comprendra ce sentiment chez un homme que son métier éloigna toujours des lamentables drames humains.

Aussi ne fut-ce pas sans un frisson qui me passa dans les vertèbres, que je vis Hopkins saisir la main du cadavre et lui passer au doigt la bague d'or trouvée dans sa poche. Pour cette bague trop large, le doigt était trop maigre et je compris qu'elle avait dû appartenir à un homme d'une forte corpulence, d'une haute stature. Je ne comprenais plus rien aux procédés d'enquête de mon ami, mais habitué à ne considérer que la solution sans m'arrêter aux moyens employés, je ne laissai rien paraître de ma surprise.

Ce fut avec un soupir de satisfaction que je quittai, à la suite de Hopkins, la salle d'autopsie où ce sinistre cadavre, touché par la main de la mort, était la réalisation même de la lugubre phrase qui résume le destin commun : « Frère, il faut mourir ! » La mélancolie m'étreignait confusément le cœur à cette vision horrifiante. Cet homme avait été heureux, avait aimé peut-être, la vie était belle à ses jeunes années, et il était là, épave sanglante d'un drame tragique et mystérieux dont nous cherchions à la fois le *comment* et le *pourquoi*. Mon âme admettait, vaincue et résignée, l'arrêt de ce destin frappant cet homme. En ce moment je comprenais le fatalisme arabe du « Dieu le veut ! C'était écrit ! »

De l'hôpital, nous allâmes à la prison. L'assassin, Joë Braddford était dans une étroite cellule au secret. Le geôlier, sur la présentation d'un ordre du constable, nous y mena.

Une autre face de l'horreur humaine nous attendait là, dans ce réduit oblong où une lumière blafarde descendait d'une manière de soupirail.

Dans l'ombre, accroupi comme un fauve aux aguets, le fossoyeur était là, le menton aux genoux.

A notre entrée, il se leva d'un bond.

Sans dire mot, William Hopkins lui montra la bague.

L'homme poussa un rugissement qui retentit avec fracas dans l'écho sonore de la prison et, l'écume aux lèvres, se précipita, poings levés sur Hopkins. Celui-ci resta calme :

— Frappe, lui dit-il, mais écoute. D'où vient cette bague ?

Les gardiens maintinrent l'homme, dont la rage était inexprimable. Les yeux enflammés brillaient au fond de leurs profondes orbites, le sang rougissait les pommettes de ses joues, tandis qu'un râle rauque lui sifflait entre les dents du fond de sa gorge contractée.

Peu à peu, ce râle cessa et ce fut un bégayement qui fit claquer entre les dents du malheureux dément :

— La... la... bague... bague... la...

— Veuillez lui maintenir solidement la main, ordonna William Hopkins aux gardiens.

La main du prisonnier fut empoignée, serrée au poignet. Quand elle fut immobile, Hopkins glissa la bague d'or aux doigts raidis. Cette fois encore, la bague se trouva trop large pour les doigts du vivant comme pour les doigts du mort.

Cette constatation faite, mon ami demanda aux gardiens de relâcher Braddford et tous nous sortîmes profondément impressionnés de cette obscure cellule où rugissait la folie de de celui qui était qualifié dans les journaux de Trafalgar-City : « le monstre de Tom-Camp. »

— C'est à croire à un châtiment divin ! dis-je à Hopkins en gagnant avec lui la campagne.

— N'est pas athée qui veut, me répliqua-t-il d'un ton sentencieux qu'il affectait volontiers. Et il ajouta presque aussitôt :

— Hâtons-nous. Le temps nous presse. Il nous faut la solution ce soir. Brûlons nos vaisseaux. Cet homme doit aller dans un asile d'aliénés. Il y a de la cruauté à laisser là un innocent.

— Innocent ! m'écriai-je, vous le croyez donc innocent, Hopkins ?

— Mais certainement, cher ami.

— Et pourquoi ?

— J'espère vous le dire, ce soir. Hâtons le pas.

— Où allons-nous ?

— Au cimetière.

— Au cimetière, Hopkins ?

— Oui. Il le faut.

— Le faut-il vraiment ?

— Quoi donc, Sanfield ? Auriez-vous peur ?

Je me raidis, blessé de la supposition.

— Non, Hopkins. Marchons.

— A la bonne heure. Je vous retrouve.

Et nous accélérâmes le pas.

Je l'ai dit déjà : le cimetière de Trafalgar-City se trouvait à quelques milles de la marnière de Tom-Camp, à un quart d'heure de marche environ.

Nous l'atteignîmes bientôt et le remplaçant de Joë Braddford vint nous ouvrir la grille du champ funèbre.

— Enterre-t-on beaucoup ici ? demanda Hopkins à l'homme qui nous regardait un peu surpris.

— Oh ! non, gentleman. Ceci c'est le vieux cimetière. On n'y enterre plus guère depuis que le nouveau cimetière est achevé. C'est pourquoi deux hommes suffisent ici.

— Deux hommes, ah ! en vérité ?

— Oui, il y avait, il y a quelques jours encore, Joë Braddford et Jim Rackson, mais depuis l'assassinat, je suis seul ici.

Tout en causant, Hopkins s'était engagé dans l'allée centrale du cimetière, regardant les tombes anciennes ruinées par le vent, les neiges, les pluies. Ce n'étaient, dans les hautes herbes de l'été, que des croix brisées, des pierres fendues, le champ de la désolation dans ce champ des morts. Brusquement Hopkins s'arrêta. A gauche de l'allée, un trou béait, fosse noire au fond de laquelle gisaient des ossements épars mêlés à la terre grasse et à des débris de cercueil. La terre semblait avoir été fraîchement remuée, une pioche gisait encore au fond du trou.

— Qu'est ceci ? demanda Hopkins, le doigt tendu.

— Ceci, dit le remplaçant de Joë Braddford, est une fosse dont la concession est expirée. On en retire les ossements pour les transporter au fond du cimetière.

C'est à cela que Joë Braddford et Jim Rackson travaillaient le jour où le malheur est arrivé.

Un éclair brilla dans l'œil de Hopkins.

— Etes-vous certain de cela ?

— Oh ! bien certain gentleman !

— Qui donc était enterré en cet endroit ?

— Le clergyman Price Weston.

— Avez-vous connu le défunt ?

— Oui. Il est mort voici dix ans. C'est lui qui me maria à Eddy Jackson, de Raleigh.

— Bien. Quel homme était-ce ?

— Un homme de haute taille, très solide.

— Grand ?

— Véritablement très grand.

— De forte corpulence ?

— Oui. C'est ainsi que je l'ai connu.

— Il était marié ?

— Oui, veuf.

— Des enfants ?

— Non. Sa femme est morte, je crois, au bout de quelques mois de mariage dans le naufrage du *Gil-Braltar* près de Trinidad.

— Existe-t-il encore des gens qui le connurent à Trafalgar-City ?

— Oh ! oui. Le nommé Boss, qui fut son domestique, habite encore la ville, et la femme de ménage Lia, est à l'hospice des vieillards. Ils ont bien connu le révérend Price Weston.

— A merveille. Ceci suffit. Venez, Sanfield.

A pas rapides, Hopkins s'éloigna. Nous descendîmes la grande allée de ce mélancolique cimetière où le gravier sec criait sous nos pieds. Le soleil rouge et brûlant descendait au loin, très lentement, derrière les murs du silencieux enclos. Bientôt nous atteignîmes la grille qui, lugubrement, grinça dans ses gonds huilés. Sans mot dire, Hopkins poursuivait son chemin, se hâtant vers Trafalgar-City. Je me retournai une dernière fois pour contempler la tragique vision de ce cimetière au milieu de cette plaine désolée, et, dans le lointain, debout à côté de la fosse ouverte, je vis le nouveau fossoyeur appuyé sur sa bêche...

CHAPITRE X

Où William Hopkins reconstitue les dessous du drame et prouve que le vrai criminel n'est pas celui-là qu'on présume.

— Hopkins, lui dis-je tout en le suivant à en perdre haleine, connaîtrai-je bientôt le mot de cette troublante énigme ?

— Il n'est point de grand homme pour son valet de chambre, répondit-il, comme il n'est point de secrets pour un véritable ami. Vous allez avoir le mot du mystère, Sanfield. Un peu de patience, que diable ! Voici que nous arrivons.

Nous traversâmes encore quelques rues en silence, puis brusquement, après avoir franchi une impasse, par un couloir obscur nous atteignîmes la salle du palais de justice où ouvrait la porte du constable.

— Ce qu'il me reste à faire, dit Hopkins, ne mérite guère votre temps, Sanfield. Si le cœur vous en dit, allez fumer un cigare et revenez ici dans une heure. Il y aura certainement du nouveau.

Il disparut derrière une porte basse.

Je descendis me promener sous les ormes d'une belle avenue bordant le palais, en fumant un havane sec, maîtrisant mon impatience. Je guettais les minutes, les quarts d'heure. La demie sonna. Je recommençai ma promenade à petits pas. A l'heure dite je me trouvais devant le cabinet du constable. Un huissier de service m'introduisit. Le juge n'était pas seul avec Hopkins.

Devant le bureau étaient debout un vieillard et une femme fort âgée qui, au moment de mon entrée, étaient penchés sur un objet dont leur position me cacha la vue. J'entendis la voix du constable demander :

— Alors vous la reconnaissez formellement ?

— Oui, dit le vieillard.

— Je le jure, dit la femme.

— Vous êtes assurés de ne vous tromper en aucune manière ? De ne pas être victimes d'une ressemblance ?

— Non, non, protesta véhémentement l'homme.

— J'en suis absolument certaine, ajouta la vieille femme.

— En ce cas, vous pouvez vous retirer.

L'homme et la femme s'étant inclinés sortirent.

Alors je vis l'objet sur la table du juge.

C'était la bague trouvée dans la poche du mort.

— Vous le voyez, monsieur le constable, dit Hopkins, ce nommé Boss et cette femme Lisa, anciens domestiques du révérend Price Weston ont formellement reconnu la bague pour avoir appartenu à leur ancien maître.

— Qu'est-ce que cela prouve ? s'écria le juge avec une mauvaise humeur marquée. Cela diminue-t-il en aucune façon les charges qui pèsent sur l'assassin de Jim Rackson ? Cela explique-t-il sa présence au bord de la marnière de Tom-camp, à côté du cadavre ? Non, n'est-ce pas ? Alors à quoi sert la reconnaissance de la bague de Price Weston par des anciens serviteurs, et que me fait à moi sa présence dans la poche de l'aide-fossoyeur ?

— Cette présence innocente Joë Braddford du crime dont il est accusé ! dit Hopkins avec force.

Le constable eut un sourire railleur :

— Vous plaisantez, gentleman ? Quel rapport y a-t-il entre la bague et le crime ?

— Celui-ci : c'est que Joë Braddford est innocent de la mort de Jim Rackson.

— Encore ! dit le juge en frappant du pied.

Cependant, surpris de l'insistance de mon ami, il ajouta presque aussitôt :

— Veuillez vous expliquer. Je suis prêt à me rendre à vos raisons, si toutefois elles me semblent acceptables... et compatibles avec le respect que vous devez, aussi bien que je dois, à la justice . Je vous écoute, gentleman.

— Point par point, instant par instant, je vais vous le dire, monsieur le constable, ce qui s'est passé entre ces deux hommes, et ce que je vais vous dire est basé sur mieux que des certitudes, sur des preuves.

— Je serais curieux véritablement de les connaître, dit flegmatiquement le magistrat assis derrière la table comme un président de Cour criminelle derrière son tribunal.

— Mardi dernier...

— Le jour du crime ?

— Précisément. Mardi dernier ces deux hommes, le mort et le prisonnier, creusaient dans le vieux cimetière de Trafalgar-City une fosse. Dans cette fosse reposait depuis dix ans le révérend Price Weston, clergyman, marié et veuf après quelques mois de mariage.

— Comment le savez-vous ? interrompit le juge.

— Je le sais, dit Hopkins car je ne parle qu'avec certitude. La concession de dix ans étant expirée, les ossements de Price Weston devaient être transportés au fond du cimetière. En procédant à cette besogne on mit à jour la bague d'or, la bague de mariage avec laquelle Price Weston avait été enterré. C'était une bague lourde et large, car le révérend était un homme de haute taille et de forte corpulence. Cette bague la voilà sur votre pupitre, monsieur le constable. L'aide-fossoyeur Jim Rackson ramassa cette bague, désireux de s'approprier cette trouvaille de prix. Là-dessus, Joë Braddford, intervint, prétendant, soit restituer la bague à la terre pour éviter un sacrilège, soit la prendre pour lui. Peu importe en tous cas. Une discussion s'éleva entre les deux hommes. Se sentant soit le plus faible, ou encore pris de peur, Jim Rackson prit la fuite, poursuivi à quelque distance par le fossoyeur.

— Sur quels indices vous appuyez-vous pour affirmer cela, M. Hopkins ? interrogea le constable .

— Sur la trace de leurs pas. Le mort avait le pied plus petit que le prisonnier. Ce sont ces pieds-là qui ont précédé les autres.

— Et près de la marnière la lutte s'est engagée ?

— Aucunement. Le plus jeune était plus vif, plus rapide. Le désir d'échapper à Joë Braddford l'étreignait, tête baissée il courait. Arrivé près de la marnière...

— Et là ?

— Il ne devina pas le danger, crut sauter une fosse peu profonde et s'abîma. A aucun moment Joë Braddford n'a rejoint son aide. Les pas sont là pour le dire. Voyant Jim Rackson s'engloutir il dût pousser un cri de terreur et là, l'esprit frappé violemment par cette catastrophe, par cette mort dont il se sentait coupable, sa raison l'abandonna, Épouvanté, dément, il resta près de la fosse, et c'est là qu'il s'est laissé arrêter. Voilà la vérité, voilà aussi pourquoi on a retrouvé dans la poche du cadavre avec les deux dollars de la paye de la semaine la bague d'or volée au mort.

A ces paroles le visage du juge exprima tour à tour la surprise, l'incrédulité et enfin l'admiration. Quand Hopkins se fut tu il se leva brusquement et tendit, par dessus son bureau, ses deux mains à mon ami.

— Votre logique est admirable, gentleman, dit-il, je vous en exprime véritablement toute mon admiration. Veuillez me pardonner mes premières paroles quelque peu désobligeantes. Je reconnais mes torts.

— J'ai tout vu, tout entendu, tout oublié, dit

avec un fin sourire Hopkins en serrant les mains du constable.

En regagnant notre hôtel, mon ami me prenant par le bras me dit :

— Sanfield, connaissez-vous la locution française ?

— Laquelle Hopkins ?

« Courbe la tête, fier Sicambre, brûle ce que tu as adoré, adore ce que tu as brûlé ? »

— En vérité, je la connais.

— Ne trouvez-vous pas à ce constable une tête propre à figurer un fier Sicambre ?

— Hopkins, dis-je, vous avez autant d'esprit que de génie !

— Mais non, mais non, sympathique ami, fut sa réponse, vous exagérez. Je suis moins qu'un homme de génie.

— Vous êtes le meilleur des amis !

— Voilà l'éloge qui me plait le plus !

***

Le malheureux Joë Braddford est mort, il y a quelques années, dans un asile d'aliénés aux environs d'Atlanta où il avait été interné après la clôture de l'enquête si ingénieusement menée par William Hopkins, le digne rival de Sherlock Holmès.

CHAPITRE XI

Les dix chiffres mystérieux sur la porte de Black-Road.

Peu de jours après notre rentrée à New-York, l'affaire du cadavre de la marnière de Trafalgar-City éclaircie, une autre aventure mystérieuse arriva à William Hopkins. Un soir rentrant du théâtre, au moment d'ouvrir sa porte, mon ami aperçut sur le panneau de bois verni tracé à la craie un chiffre :

10

Il s'arrêta, surpris.

— Regardez donc, Sanfield, me dit-il.

Je regardai attentivement, mais ce chiffre n'eut aucune signification pour moi. Après avoir réfléchi, Hopkins renonça lui-même à se l'expliquer. Il effaça donc le chiffre, me souhaita le bonsoir et s'en fut se coucher. Le lendemain, Hopkins trouva sa porte barrée d'un autre chiffre :

9

C'était la même dimension que celui du *10* de la veille. Cette fois mon ami parut soucieux. Le groom effaça la craie et le lendemain encore, qui était un lundi, on trouva sur le panneau un grand :

8

— Ah ! Ah ! dit Hopkins, les gaillards prolongent la plaisanterie, je crois.

Cette fois on n'effaça pas le chiffre et on attendit le mardi. Sur la porte s'étalait un :

7

Hopkins devint silencieux. Il cherchait visiblement à pénétrer l'énigme de ces chiffres mystérieux dont le total allait chaque jour en décroissant. Le mercredi la porte fut barrée par un nouveau chiffre :

6

Le mystère augmentait. Hopkins monta la garde derrière la porte. Le jeudi, l'ayant brusquement ouverte, il vit, sans qu'il les eût entendu tracer les chiffres suivants ainsi disposés :

5 × .·. × 1

Le vendredi apporta une nouvelle formule :

4 × .·. × 8

Le caractère de mon ami s'était assombri. La belle humeur cordiale s'était évanouie. Une ride profonde coupait son front ; seuls ses yeux, ses beaux yeux fins, perspicaces, conservaient sous la broussaille des sourcils leur lueur. Le samedi on trouva ceci sur la porte :

3 × .·. × 9

Ce jour-là Hopkins veilla dans l'escalier de la maison de Black-Road. Mais les auteurs des chiffres devaient être de subtils gaillards, car cette garde de Hopkins ne les empêcha pas d'écrire le dimanche une nouvelle formule :

2 × .·. × 3

Cette fois Hopkins s'enferma, veilla toute la nuit sur je ne sais quel travail. Le lendemain je descendis pour lui rendre visite et en arrivant devant sa porte je trouvai sur le panneau le chiffre :

1

Et à la poignée de la porte était attachée une cravate verte. A mon coup de sonnette, Hopkins lui-même vint ouvrir. Je lui désignai le chiffre et la cravate. Je le vis pâlir affreusement. Il s'appuya au mur, et d'une voix qu'il essayait cependant de rendre ferme, il murmura :

— Entrez, cher ami.

Derrière moi il tira les verrous après avoir détaché de la porte la cravate verte.

— Comprenez-vous quelque chose à tout cela, Hopkins ? lui demandai-je.

— Je viens de comprendre à l'instant même, dit-il. Je sais maintenant ce qu'on me veut.

— Que vous veut-on ?

— On veut ma mort, simplement.

— Votre mort ?...

— Oh ! les gaillards sont de taille ! Mais je suis de taille aussi à leur répondre ! La partie sera rude.

— Mais de qui donc s'agit-il, Hopkins ?

— C'est vrai, vous ne savez pas, Sanfield. Avez-vous entendu parler de la bande aux cravates vertes ?

— Celle dont le chef a été électrocuté à Baltimore ?

— Oui, en 1893. C'était un nommé Fierling, un beau lutteur, ma foi, et une profonde canaille. Pris, il a connu le « Malheur aux vaincus ! » car la Cour suprême qui le redoutait libre, a été sans pitié pour lui, prisonnier. Cet homme était parvenu au rang suprême par les voies étroites, c'est-à-dire qu'à dix-neuf ans, de commissionnaire, il était devenu chef de la bande la plus redoutable de Baltimore. J'ai passé sept ans à le guetter, à le suivre. Chaque fois, par une audace infernale, par une chance surhumaine, ce bandit m'échappait. Mais je m'étais juré à moi-même de le prendre, quitte à y laisser ma peau et soucieux d'elle comme celui qui portait César et sa fortune. Ma fortune ! mais je l'aurais donnée avec joie, avec plaisir, avec bonheur, pour la prise de ce gaillard-là ! C'était mon orgueil que cette capture : le prendre, c'était tout ce que je voulais ; le prendre, c'était tout ce que je désirais ; le tenir là, et alors après moi le déluge ! Enfin, après sept ans, ce jour tant désiré arriva. Stupidement, Fierling se laissa prendre à un piège véritablement grossier. Ce criminel de génie manqua de flair ce jour-là. Bêtement il vint donner dans le panneau. J'étais là, la main ouverte. Cette main se ferma. Fierling était pris. On dit souventes fois que chaque soldat a son bâton de maréchal dans sa giberne : c'est vrai.

La prise de Fierling fut mon bâton de maréchal à moi. Mes vœux étaient comblés, mon serment était tenu. Le procès fut long. Fierling nia tout et du banc des accusés jeta à la salle haletante, la phrase résumant tout le programme de sa vie criminelle et agitée :

— Que ceux qui veulent vivre et mourir avec moi fassent de même !

Ce n'est que plus tard que j'ai compris toute la portée de ces paroles. A l'audience un jeune, l'élève favori de Fierling, dans l'espoir d'échapper au châtiment, vint déposer contre lui. Fierling l'écouta en silence et les policemen qui le gardaient, l'entendirent seuls murmurer ces mots véritablement pathétiques dans cette bouche de jeune assassin :

— Et toi aussi, mon fils !

D'après cela imaginez-vous le bandit. Le 3 octobre 1893, Fierling, assis sur la chaise électrique qui allait faire de lui un cadavre, au moment de sentir sur sa tête le masque de la mort, me dit ces paroles restées profondément gravées dans ma mémoire :

— J'aime mieux être à ma place qu'à la vôtre, car un jour vous saurez ce que mes amis vous réservent.

Eh bien, Sanfield, c'est aux amis de Fierling que j'ai affaire aujourd'hui.

— En êtes-vous bien certain ? demandai-je, soudain traversé d'un sombre pressentiment.

— Absolument. Je connais même le nom de ceux qui chercheront à me frapper.

— En vérité ?

— Oui. Et voici comment. La bande aux cravates vertes comptait, sous la royauté de Fierling, trente-deux membres. Huit ont été électrocutés, vingt-deux sont morts en prison ou au hard-labour (1). Il en reste donc deux. Ils ont dû être libérés récemment. Ce sont, le premier un nommé Clarckson, le second un nommé Morgan. J'ai réfléchi cette nuit aux chiffres inscrits successivement sur ma porte. 10, 9, 8, 7, 6, 5, 4, 3, 2, et enfin 1, signifiaient simplement : vous avez encore 10 jours à vivre, puis 9, puis 8, puis 7, puis 6, puis 5, et ainsi de suite. Jusqu'au chiffre 6, je pouvais ignorer de qui me venait ce sinistre avertissement. A partir du chiffre 5, j'ai été mis sur la voie. Chacun des chiffres suivants était accompagné d'un autre chiffre qui, abstraction faite des signes

donnaient le résultat suivant :

(1) Travaux forcés.

5 = 1
4 = 8
3 = 9
2 = 3

Ces quatre chiffres représentaient une date : 1893...

— L'année de l'exécution de Fierling ! m'exclamai-je, épouvanté.

— Cela même, dit paisiblement Hopkins. Or nous sommes le 20 octobre. Le chiffre 1 sur ma porte aujourd'hui me dit que je n'ai plus qu'un jour à vivre et que je serai tué le 3, à la date anniversaire à laquelle, grâce à moi, Fierling expia ses crimes sur la chaise d'électrocution de Baltimore. Comprenez-vous maintenant, Sanfield, ?

— Oui, et la cravate verte...

— La cravate verte était là pour me faire souvenir des dernières paroles de Fierling. Elle veut dire dans le langage des bagnes : « Laissez passer la justice du roi ». Ce roi est un mort et c'est à sa dernière volonté qu'obéissent ceux qui ont échappé au châtiment ou qui n'ont expié au hard-labour que pour attendre l'heure de la vengeance commandée par le chef sur la chaise de mort de Baltimore. Voilà le mystère des chiffres sur ma porte depuis dix jours. C'est là ce qu'on appelle, Sanfield, non danser, mais parler sur un volcan, car n'oubliez pas qu'aujourd'hui est la veille de ma mort !

— Mais vous allez vous défendre, dis-je, prévenir la police, demander du secours ?...

— Que peut la police là où moi-même je me sens déjà hésitant, à moitié désarmé ! Mais rassurez-vous, Sanfield ! Ma vie m'est chère ! Ces gaillards-là ont eu le tort de me prévenir et vous n'ignorez pas qu'un homme prévenu en vaut deux. Voyez-vous ces deux joujoux ? Avec cela j'attends mon Morgan et mon Clarckson de pied ferme et j'espère leur trouer leurs cravates vertes ! De la poche de son veston d'intérieur Hopkins avait, en parlant de la sorte, tiré deux bull-dogs (1) d'acier bruni, et ses mains les maniaient avec une évidente complaisance et un secret plaisir.

— Si les cravates vertes viennent, ces petits oiseaux-là chanteront un petit air ! dit-il plaisamment en les remettant en poche.

— Hopkins, permettez-moi de venir demain ici, vous tenir compagnie. Deux hommes valent souvent plus qu'un homme solitaire !

— L'homme solitaire est vraiment fort, observa mon ami. C'est Ibsen qui l'a dit. Il faut le croire. Non, Sanfield, je ne veux point

(1) Revolvers américains, petits, mais très puissants.

vous exposer au danger de la visite de ces gaillards-là. J'espère vous revoir demain au soir en parfaite santé. D'ici-là promettez-moi de rester chez vous.Le bruit de mes bull-dogs vous dira ce qu'il conviendra de faire et si une intervention est utile. Maintenant prenez un cigare, Sanfield, versez-vous un verre de pale-ale et causons d'autre chose.

CHAPITRE XII

Les petits oiseaux de William Hopkins ne chantent pas leur air et l'électrocuté de Baltimore tient sa promesse.

C'est le cœur déchiré, me reprochant mon peu d'amitié, que j'écris cette dernière page à la mémoire de mon ami, William Hopkins, le rival de Sherlock Holmès. Le sombre pressentiment qui, le 20 octobre, m'agita se trouva confirmé le lendemain.

Qu'arriva-t-il ? Que se passa-t-il ?

Jamais personne ne le sut, jamais personne ne le saura.

Mais voici les faits :

Toute la journée, fidèle à la détestable promesse faite à William Hopkins, je restai dans ma chambre, l'oreille aux écoutes, guettant les moindres bruits pouvant provenir de l'appartement de mon ami.

La matinée se passa.

Je n'entendis rien d'anormal.

L'après-midi s'écoula.

Ce fut le silence encore.

Les bull-dogs s'étaient tus.

Alors, presque rassuré, je descendis à l'étage inférieur pour retrouver William Hopkins dont la témérité et la froide audace avaient voulu tenir tête aux deux derniers revenants de la bande aux cravates vertes.

Je sonnai, je frappai.

Quel silence ! quel lugubre silence !

Je frappai encore ! encore ! encore !

Alors affolé, comprenant que la tragédie s'était déroulée dans l'effrayant silence du mystère, je poussai la porte de l'épaule en un effort désespéré. Le panneau craqua ; je roulai dans l'antichambre ; je me précipitai vers le studio, ouvris la porte...

Terreur !

Sur le parquet gisait William Hopkins, la cravate arrachée, les bras en croix. Je tombai à genoux à côté de lui et me penchai sur son visage.

— Hopkins, Hopkins, criai-je, vous êtes blessé ?

Un souffle me répondit :

— Non, je suis mort...

Ce fut tout... oui, tout...

La tête de mon ami retomba lourdement.

— Un médecin !... un médecin !... pour l'amour de Dieu !... hurlai-je dans l'escalier.

Je retournai dans la chambre. Tout y était en ordre.Sur la table les deux bull-dogs étaient posés, intacts.

Hélas !... pauvre William ! Les petits oiseaux n'avaient pas chanté leur air... les grandes ailes noires de la mort avaient touché ce front pâle...

Le médecin vint.

Le constable vint.

A quoi bon ?

Dans le mystère d'une mort inconnue, était doucement, sans un cri, passé l'homme de génie qui se refusa le luxe d'une renommée à la Sherlock Holmès, en l'égalant toujours, en le surpassant quelquefois.

C'est lui que je pleure, car je fus son ami.

FIN

TABLE DES CHAPITRES

Pages

Préambule. 5

Chapitre I. — Où je fis la connaissance de M. William Hopkins et de l'esprit mathématique et méthodique de ce digne gentleman 9

Chapitre II. — Quelques affaires mystérieuses du passé de M. William Hopkins et rapide coup d'œil sur ce passé 18

Chapitre III. — La conspiration contre les cinq rois de l'or, de l'acier, des chemins de fer, des transatlantiques et des bœufs 27

Chapitre IV. — De quelques réflexions qu'émit William Hopkins sur ce qui précède. 42

Chapitre V. — L'homme à la barbe rousse vient donner le premier avertissement, et William Hopkins commence l'enquête 50

Chapitre VI. — Réapparition de l'homme roux avec une chevelure rousse, non pour apporter, mais pour emporter 58

Chapitre VII. — Il convient de faire ses visites importantes de grand matin. 69

Chapitre VIII. — Court chapitre sur une brève séance du Standard Trust. 77

Chapitre IX. — Le cadavre de la marnière de Trafalgar City 82

Chapitre X. — Où William Hopkins reconstitue les dessous du drame et prouve que le vrai criminel n'est pas celui-là qu'on présume. 99

Chapitre XI. — Les dix chiffres mystérieux sur la porte de l'appartement de Black-Road. 106

Chapitre XII. — Les petits oiseaux de William Hopkins ne chantent pas leur air, et l'électrocuté de Baltimore tient sa promesse. 116

IMP. MONOD, POIRRÉ & JEHLEN RÉUNIES. 21, rue Ganneron, Paris.

www.ingramcontent.com/pod-product-compliance
Ingram Content Group UK Ltd.
Pitfield, Milton Keynes, MK11 3LW, UK
UKHW021543260726
13993UKWH00002B/597

9 782019 951658